《破解科学》系列

网络中的虚拟世界

丛书主编　杨广军

丛书副主编　朱焯炜　章振华　张兴娟
徐永存　于瑞莹　吴乐乐

本册主编　郭利强

本册副主编　王兴春　梁玉珍

天津人民出版社

图书在版编目(CIP)数据

网络中的虚拟世界 / 郭利强主编. — 天津 : 天津人民出版社, 2011.9

(巅峰阅读文库. 破解科学)

ISBN 978-7-201-07214-2

Ⅰ. ①网… Ⅱ. ①郭… Ⅲ. ①计算机网络—普及读物 Ⅳ. ①TP393-49

中国版本图书馆 CIP 数据核字(2011)第 192872 号

天津人民出版社出版

出版人: 刘晓津

(天津市西康路 35 号 邮政编码: 300051)

邮购部电话: (022) 23332469

网址: http: //www. tjrmcbs. com. cn

电子信箱: tjrmcbs@126. com

北京一鑫印务有限公司印刷 新华书店经销

2011 年 9 月第 1 版 2011 年 9 月第 1 次印刷

787×1092 毫米 16 开本 14.5 印张

字数: 290 千字 印数: 1－2000

定 价: 28.80 元

卷首语

计算机网络是计算机技术与通信技术相互渗透、密切结合而形成的新兴科学技术。尤其是Internet技术的快速发展以及广泛应用正在改变着人们的学习、工作、生活以及思维方式。网络与通信技术已成为影响一个国家与地区的经济、科技与文化发展的重要因素。我们既面临前所未有的机遇，同时也面对来自全球的挑战。

这是我们生活中的一部分，也是我们生存和发展的另一个世界。这是一个虚拟的空间，也是我们精神发展不可或缺的一个组成部分。来吧，让我们一起走进本书，一起漫游网络世界，一起进入那虚拟的世界，一起去寻找那别样的传奇与神话吧……

目　录

改天换地——网络的应用

咫尺也天涯——网络知识一手抓

天空无限高——网络技术知多少

风波再起——网络新视界

改天换地

——网络的应用

高尔基说："书籍是人类进步的阶梯。"

那么网络呢？它应该称得上是人类进步的电梯了！其实，网络的历史并不悠久，从它产生距今也不过只有五十多年。但人类的发展史上，再没有一个事物能够比得上网络，能够对人们的生活产生的影响这么大、这么深远。

有人说，网络是继报纸、广播、电视之后的第四媒体，它把全世界缩小成了"地球村"。与前面的三种媒体相比，它的功能更强大，人们不仅可以通过网络了解世事，还可以用它听音乐、看电视、即时通讯、搜索引擎、上传下载、网络上进行学习和游戏、网络兼职、网上购物……

网络，加速了信息时代前进的步伐，它改变了我们的生活。如何更好地利用网络呢？在这一篇中，将为你一一道来。

世界之窗——浏览器

生活在 21 世纪，我们每天都离不开信息，有人形象地称我们生活在“信息的海洋”里。报纸、广播、电视，还有被称之为第四媒体的互联网等大众传媒，每天提供给我们大量的信息，改变着我们的观念。

在互联网上，有一个非常重要的软件，就是浏览器，它像一扇窗户，使我们能够看到外面精彩的世界。

◆打开窗户看外面的世界

多媒体信息的载体——网页

书本是由承载着文字、图片、符号的一系列书页组成，与此相似，网页也是由文字、图片等组成的。所不同的是，网页是用超文本的格式写成的，并以文档文件的形式分布在世界各地的网站上。而且，网页上还提供声音、动画、影像等多种媒体信息和交互式功能。这些网页之间相互连

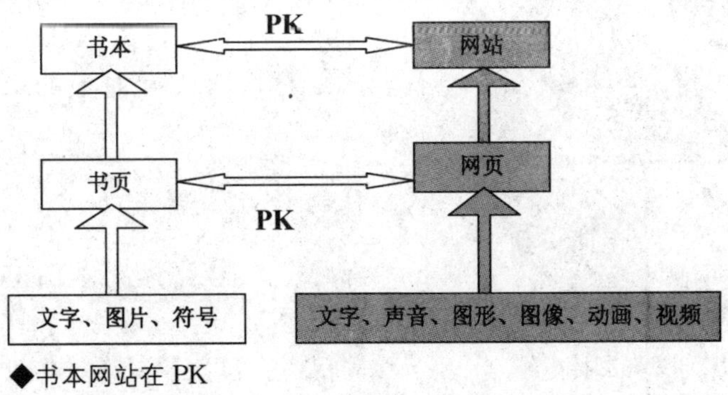

◆书本网站在 PK

接，就成了人们耳熟能详的万维网。

作为网页的聚集地——网站，包含着成百上千个网页，大量的网页每时每刻都在更新。

浏览网页的工具——浏览器

浏览网页需要特定的软件，这样的软件叫做浏览器。目前常用的浏览器软件有 Internet Explore（简称 IE 浏览器）、傲游（Maxthon）、火狐（firefox）等。

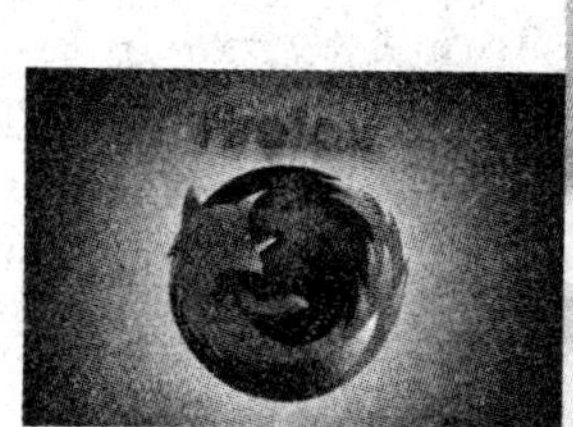

◆各种浏览器层出不穷，各有所长，都拥有自己的一片天地！

其中，IE 浏览器是 Windows 系统自带的、使用比较广泛的一种。我们就以 IE7.0 为例，介绍浏览器的使用。

IE 浏览器的启动

◆桌面上的 IE 浏览器图标

启动 IE 浏览器通常有两种方法：一是依次单击“开始”——“程序”——“Internet Explore”，进入 IE 浏览器程序；二是直接双击桌面上的 IE 浏览器图标。

认识 IE 浏览器窗口

标题栏：显示浏览器当前正在访问的网页的标题。

菜单栏：包含了浏览器在浏览过程中

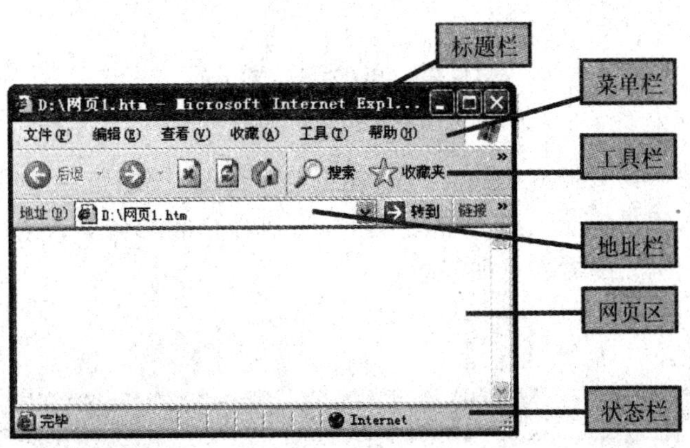

◆IE 浏览器窗口

可供选择的各项命令。

工具栏：罗列了浏览时可以用来启动常用命令的小图标。

地址栏：显示正在浏览查看的网页所在位置。

网页区：呈现当前正在访问的网页的文档内容。

状态栏：呈现浏览器下载网页的实际工作状态。

浏览网页

浏览网页有两种方法，一种是直接登录，在地址栏中输入你需要浏览网页所在的网站地址；另一种方法是间接登录，是利用网页之间的“链接”特性来实现的。在网页中，常带有下划线和用不同颜色显示的单词、图片或图标，称为“链接点”。当鼠标指针移到某链接点时，指针会变成手的形状，浏览者可以单击网页上某个链接点，这时在浏览窗口状态栏中显示所链接网页的具体地址，并进入相应网页。

知识窗

首页

在浏览网页时，登录一个网站，第一个看到的页面称为该网站的主页，也叫首页。

巧用浏览器工具

为了使浏览更加方便快捷，IE 浏览器将浏览时常用的一些命令以按钮的形式放入工具栏中，点击这些按钮即可执行相应的命令。熟练使用工具按钮，会使网上的漫游更加轻松。

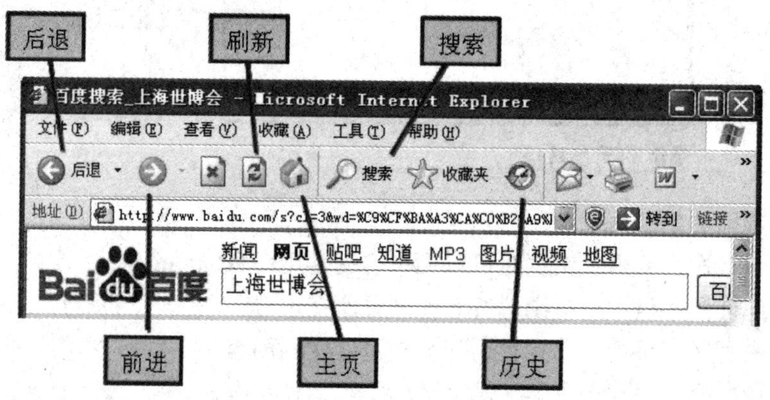

◆IE 浏览器工具介绍

后退：回到浏览器访问过的上一个网页。

前进：回到浏览器访问过的下一个网页，单击此按钮可以方便地前进到任意启动浏览器后访问过的网页。

刷新：单击此按钮，可以让浏览器对当前网页上的信息重新下载。

主页：返回起始网页，重新显示启动浏览器时看到的起始网页（浏览器的起始网页可以通过对菜单的选择来改变）。

搜索：搜索 www 的资源，利用 IE 浏览器设定的快捷键，登录到指定的搜索网站。

历史：列出最近访问过的网站、网页，如要查看访问过的网页，包括在上次浏览期间访问过的网页，则单击工具栏上的“历史”按钮，然后单击相应的文件夹。

浏览网页快捷键

为了快速登录自己喜欢的网页，可以建立浏览网页快捷键。一旦建立快捷键，就可以通过单击快捷键方便地访问网页。快捷键既可以放在Windows桌面上，也可以放在收藏夹内。

快捷键放在桌面

先登录你需要建立快捷方式的网页，打开“文件”菜单，选择“发送”选项，在弹出的子菜单中选择“桌面快捷方式”即可。

如果说，图标放在桌面上是为了便于操作，那么在指定文件夹中存放网页快捷标识则是为了更好地管理与查询。

动手做一做

你经常登录哪个网站呢？
快在桌面上建立一个快捷方式吧，这样，访问这个网站就方便多啦！

快捷键放在收藏夹

先登录你需要收藏的网页，单击“收藏”菜单，选择“添加到收藏夹”，弹出“添加到收藏夹”对话框。在“名称”文本框输入相应的文字，然后单击“确定”按钮即可。

动手做一做

选择一个你经常访问的网页，试试把它添加到收藏夹，是不是也很方便呢？

如果你收藏夹里面的内容很多，还可以整理呢，试着整理一下吧！

脱机阅读

脱机阅读就是计算机没有连接到互联网上，来查看以前浏览过的网页的方式。

当我们上网浏览时，IE 浏览器会自动把相应的网页和数据下载到本机硬盘，当再次访问这些页面时，浏览器就会自动从本机硬盘来读取数据，这样就省去了大量的数据传输和上网占线时间，节约了上网费用。

具体做法是：打开 IE 浏览器，单击历史按钮，浏览器窗口左侧弹出“历史记录”窗口。单击“文件”菜单，选择“脱机工作”，然后单击某条历史记录就可以浏览原来的网页了。

知 识 库

“历史记录”窗口中保留着近 20 天的访问记录，其中，最近一周按天来组织，而以前的记录则按周来组织。

单击工具——Internet 选项，弹出“Internet 选项”对话框，可以通过修改“常规”标签下的“网页保存在历史记录中的天数”，来改变历史记录保存的天数。

个性化浏览网页

每次启动 IE，浏览器都将自动下载和显示一个网页，这个网页通常称为起始页。起始页可以根据个人的需要重新设定，人们通常将自己经常访问网站的网页设置成起始页。

如何设置自己喜欢的起始页呢?

首先要打开这个网页，单击“查看”菜单，并选择“Internet”选项，在“Internet 选项”对话框中选择“常规”标签，并单击“使用当前页”按钮，单击“确定”按钮。

为了使浏览更具个性化，可以根据自己的喜好来设定浏览器的参数，不同的参数决定了浏览的策略，使因特网上的信息在浏览窗口的显示更趋

个性化。如有时为了加快浏览速度，可以先显示网页上的文本信息，而图片信息可以有选择地显示。

拓展思考

1. 除了 IE 浏览器，你还了解其他的浏览器吗？
2. 浏览器工具和浏览器的工作机制这两者有关系吗？
3. 整理收藏夹时命名能重复吗？
4. 在个性化浏览网页时，你觉得使用哪些策略可以加快浏览速度？

网络之门——搜索引擎

有人说，会搜索才叫会上网。

因特网的迅速普及、网上信息爆炸性的增长，带来了网上行路难。虽然可以使用浏览器通过链接或输入特定网页的地址来获取信息，但在浩如烟海的因特网中寻找所需要的网页还是很缺乏效率。

当你想在网络上获取自己所需要的某一类信息但不知道信息所在的网址时，可通过搜索引擎来进行。

搜索引擎简介

◆常见的百度和谷歌搜索引擎

搜索引擎其实也是一个网站，只不过该网站提供信息检索服务，它使用特定的程序把 Internet 上的所有信息归类，以帮助人们搜寻到自己所需要的信息。利用搜索引擎查找信息，可以通过输入关键字来实现。

人们通常把具有搜索引擎的网站称为搜索网站，与一般网站不同的是，它们提供了全世界范围内 WWW 服务器的地址和内容。目前，许多网站都提供搜索引擎功能，如搜狐、网易、新浪等，最常见的搜索引擎是百度和谷歌。利用它们，不仅可以搜索网页，还可以搜索新闻、图片、音乐等项目。

搜索引擎工具位于某服务器上，并在该服务器上建立了一个不断更新

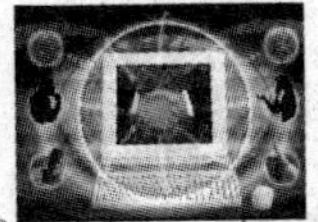

的数据库。当使用者利用搜索引擎工具搜索特定的信息时，实际上就是在这个特定的数据库内进行查找，一旦找到匹配的信息后，搜索工具就将这些信息的链接清单提供给使用者。

搜索引擎的实现原理，可以看做四步：从互联网上抓取网页→建立索引数据库→在索引数据库中搜索→对搜索结果进行处理和排序。

链接——Google 和百度

Google 搜索引擎是目前最优秀的多语种搜索引擎之一，可搜索到 3，083，324，652 张网页。提供网站、图像、新闻等多种资源的查询，包括中文、英语等 35 个国家和地区的语言资源。

百度（Baidu）中文搜索引擎是全球最大的中文搜索引擎。提供网页快照、网页预览/预览全部网页、相关搜索词、错别字纠正提示、新闻搜索、Flash 搜索、信息快递搜索、百度搜霸、搜索援助中心等多种服务。

搜索引擎的工作原理

由于不同的搜索引擎在工作时采用的方法不同，你会发现，即使使用同一个关键词进行搜索，得到的结果也有很大差别。对于这种差别，人们对常用的搜索引擎 Google 和百度整合了一个新的搜索引擎，叫百 Google 度搜索，有意思吧！

◆百 Google 度

动手做一做

百度与Google的故事

美国互联网企业Google，被称为世界搜索之王，市值近2000亿美元，排在世界公司前5位，品牌价值以1000亿美元位居榜首，2009年收入235.6亿美元，净收入高达65亿美元，技术先进，英才济济。

百度虽然是全球最大的中文搜索引擎，但规模比Google小得多，百度的市值241.05亿美元，2009年收入才6.516亿美元，净收入为人民币14.85亿元（约合2.176亿美元）。Google的收入是百度的36倍，利润是百度的30倍。

尽管Google在世界许多地方高歌猛进，不可一世，但Google却在2010年初宣告败退中国市场，这引起了全世界的轰动。

想知道原因吗？那就赶快动手搜索一下吧！

搜索中常遇见的问题

在搜索时，首先必须输入关键字，搜索的结果很大程度上取决于用户选择的关键字。

用户提炼的关键字要能够表达查找资源的主题，一般选择句子主语和宾语中的主要名词和谓语中的主要动词作为关键字，不要选用没有实质意义的词（介词、连词、虚词）作为关键字。此外，一些功能词汇和太常用的名词，如英文中的“and”、“how”、“what”、“web”、“homepage”和中文中的“的”、“地”、“和”等，搜索引擎是不支持的。

搜索结果很多

解决办法：缩小搜索范围。

①改变关键词。

②尽量少用通配符与含糊的词。

③使用逻辑控制符AND，利用多个条件同时满足要求进行限制。

④使用引号（“”）将必然连在一起的词变成词组来搜索。

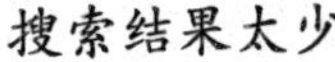
搜索结果太少

解决办法：扩大搜索范围。

①用近义词代替关键词。

②使用逻辑控制符 OR。

③改变关键词。

④使用其他的搜索网站。

1. 这么多的搜索网站，你最喜欢哪一个？为什么呢？
2. 你常用的搜索技巧有哪些？
3. 为什么同样的搜索关键词，会出现不同的结果呢？
4. 当出现很多搜索结果的时候，你认为哪些更为有效呢？

即时通信——网上聊天

◆现代人的交流时尚：从来不和邻居说话，却热衷于网上聊天

俗话说："远亲不如近邻"，指遇有急难，远道的亲戚就不如近旁的邻居那样能及时帮助。

但在今天的生活中，如果遇到困难，会有各种各样的服务电话，如110、120等等。除了电话联系，还有网络上提供的各种各样的即时通信工具，更是方便了人们的生活。正如一则流行语："相见不如网上聊天！不出门，咱们一样面对面。"

即时通信简介

即时通信是Instant Messaging（简称IM）的中文翻译，又称实时聊天系统，以实时交互、操作方便著称。它是点对点的数据交换，即两台终端之间直接交流，而无需通过任何第三方服务器中转。即时通信可突破时空限制进行沟通交流、娱乐消遣，实现异地文字、语音、视频等全方位信息的实时交流。

即时通信的出现和互联网有密不可分的关系，使用时必须从网上下载一个即时通信软件，并在机器中安装它。安装后，需要从即时服务提供商那里注册并获得一个唯一名称，然后就可以登录他们的中心服务器了，当显示处于可用状态时就可以通信了。

即时通信的功能有：

第一，为用户创建一个虚拟的身份。

第二，为用户建立一个网络点对点的连接。

第三，建立一个平台，并通过这个平台的多个接口提供各种服务。

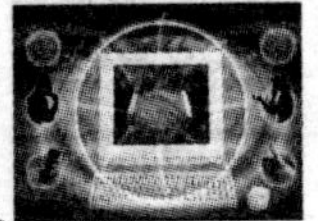

即时通信发展史——谁主沉浮

◆最初的即时通讯工具 ICQ 界面

即时通信的历史并不久远，但是它一诞生，就立即得到网民的喜爱，并风靡全球。在它的发展史上，以色列人是功不可没的。

1996 年，三个以色列青年程序员维斯格、瓦迪和高德芬格研发了第一代即时通讯系统 ICQ（I seek you，我在找你），最初只支持 Internet 上聊天、发送消息和文件。

后来被美国在线收购后，ICQ 迅速取得了即时通讯的市场。由于前景一片光明，所以同类软件迅速跟进，像雅虎通、微软的 MSN 等，都产生了一定影响。

目前，国内最为流行的即时通信软件是 OICQ（简称 QQ），以良好的中文界面和不断增强的功能形成了一定的 QQ 网络文化。

由于竞争激烈，近几年的迅速发展，即时通讯的功能日益丰富，逐渐集成了电子邮件、博客、音乐、电视、游戏和搜索等多种功能。即时通讯不再是一个单纯的聊天工具，它已经发展成集交流、资讯、娱乐、搜索、电子商务、办公协作和企业客户服务等为一体的综合化信息平台。

链接——即时通讯

即时通讯工具与 E-mail 最大的不同在于它的交谈是即时的。

大部分的即时通讯服务提供了状态信息的特性——显示联络人名单、联络人是否在线、能否与联络人交谈。

即时通信工具的分类

按应用方式来划分，即时通信工具可分为通用型、专用型和嵌入式。

通用型即时通信工具

以 QQ、MSN、skype 等为代表，这类即时通信工具应用范围广，使用人数多，并且捆绑服务较多，如邮箱、博客等。由于应用人数多，使得用户之间建立的好友关系组成一张庞大的关系网，用户对其依赖性较大，就如很多专业用户不舍得放弃 QQ 的主要原因就是由于不能放弃多年来建立的 QQ 好友以及由好友关系建立的关系网。

专用型即时通信工具

以阿里旺旺、慧聪发发、移动飞信、联通超信等为代表，这类即时通讯工具的主要特点是：应用于专门的平台和客户群体，如阿里旺旺主要应用阿里巴巴及淘宝等同公司下属网站，移动飞信则限于移动用户之间，这类 IM 与固有平台结合比较紧密，拥有相对稳定的用户群体，在功能方面专用性、特殊性较强，但由于应用人数主要是自身平台的使用者，所以在应用范围、用户总量方面有一定限制。

嵌入式即时通信工具

如 53 客服等在线客服软件，这类即时通讯工具主要特点是嵌入网页中，并且不需要安装客户端软件，直接通过浏览器就能实现沟通。特别适合企业网站的使用，配备特定的客服人员对用户需求进行对应，是传统客服、客服热线功能的延伸和拓展。

腾讯 QQ 简介

腾讯自主开发了基于 Internet 的中文短讯通信，并已成为中国最大的互联网注册用户群。QQ 系统合理的设计、良好的易用性、强大的功能，稳定高效的系统运行，赢得了用户的青睐。

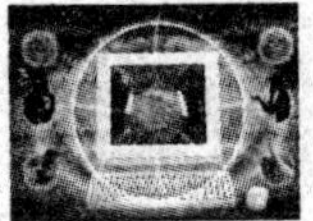

作为一种即时通信工具，QQ 支持在线聊天、视音频电话、点对点续传文件、网络硬盘、网络记事本、QQ 邮箱及远程协助等多种功能，并可与移动通信终端等多种通信方式相连。

◆腾讯 QQ 图标

申请免费的 QQ 号码

申请免费的 QQ 号码可以采用网页方式，步骤如下：

第一步，登录网页 http：//id.qq.com。

第二步，点击网页免费申请下面的 立即申请，选择想要申请的帐号类型。

第三步，填写相关信息，页面上显示 申请成功，你就拥有一个新的 QQ 号码了！

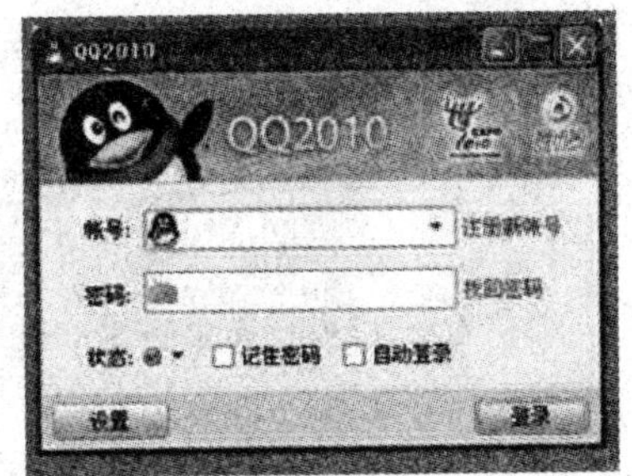

◆QQ2010 登录界面

申请到 QQ 号码后，就可以登录了。登录后，在计算机任务栏的右下角就会出现一个小企鹅图标，这就是 QQ 的工作图标，通过这个图标打开隐藏窗口，就可以与其他 QQ 用户进行双向交流了。

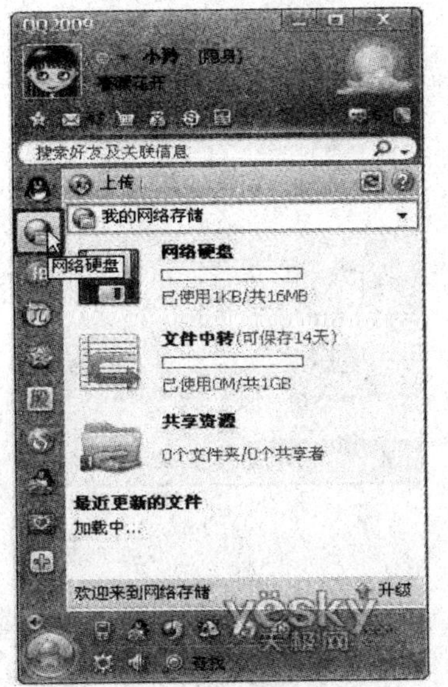

◆QQ 网络硬盘界面

QQ 硬盘

学习和生活中碰到偶然需要拷贝文件却又没有带 U 盘的情况怎么办呢？其实网上有很多可以供我们暂存文件的地方。例如电子邮箱、纳米网盘等等，但有时还是觉得不太方便，速度也不稳定。

其实，我们常用的QQ就为我们提供了方便的网络硬盘，普通用户都有16MB的永久保存文件的移动网络硬盘，会员还有更大的网络硬盘空间，特别是还有7天保留的1G中转空间，非常方便。QQ的网络硬盘就在QQ面板左侧的选项卡中，点击网络硬盘图标，就能切换到别有洞天的QQ网络硬盘界面。

慧眼识金星——防骗术

在使用QQ与人通信时，经常会出现一些骗人的信息，要谨防上当哦!

关键识别方法：腾讯不会以QQ聊天消息、QQ空间回帖、游戏大厅消息、聊天室消息通知用户中奖。腾讯官方通知中奖的方式：官方电话通知、官方邮件通知、QQ上系统消息通知等正式形式。

◆一则诈骗信息

飞信简介

飞信，英文Fetion，是中国移动推出的“综合通信服务”，即融合语音（IVR）、GPRS、短信等多种通信方式，覆盖三种不同形态（完全实时、准实时和非实时）的客户通信需求，实现互联网和移动网间的无缝通信服务。

◆飞信图标

飞信不但可以免费从 PC 给手机发短信，而且不受任何限制，能够随时随地与好友开始语聊，并享受超低语聊资费。飞信实现无缝链接的多端信息接收，MP3、图片和普通 OFFICE 文件都能随时随地任意传输，让您随时随地都可与好友保持畅快有效的沟通。

链接——飞信的特性

1. 多终端登录永不离线
2. 免费短信发送
3. 语音群聊超低资费
4. 文件互传精彩共享
5. 有效防扰安全沟通
6. 7×24 小时客服

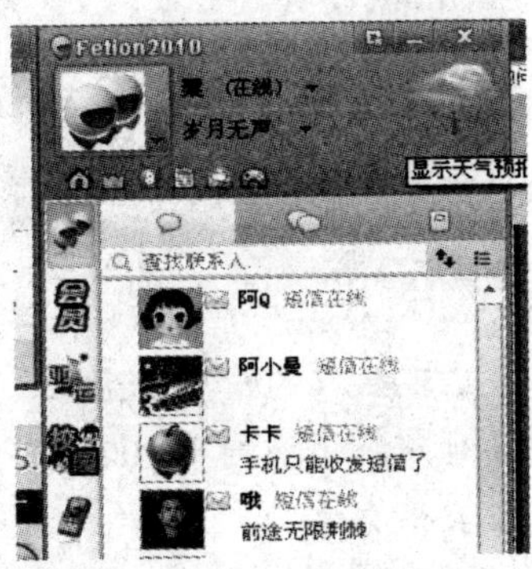

◆飞信界面

1. 你还知道哪些即时通讯工具呢？
2. 你用 QQ 聊天吗？除了网上聊天，你还用过哪些功能呢？
3. 你在聊天时，有没有收到一些骗人信息呢？如何处理它们呢？

网上快递——电子邮件

◆电子邮件：Internet 的十八般武艺之一

节日到了，你想问候远方的亲朋好友，过去你可能会去买纸质的贺卡，写上自己的祝福语，然后跑到邮局寄出去。假如你有电脑，能上网，你就可以给朋友们送上不仅有文字，还有声音、图像、动画等的多媒体贺卡，几分钟甚至几秒钟之后就送到你的朋友那里。是不是很方便呢？

这就是网上快递——电子邮件(E-mail)，更快、更方便、更容易表达现代人的情感与生活，还不用贴邮票、糊信封。当它一出现，仅一年多时间就轻松拥有 1000 万个用户，可以说，没有一种通信技术比 E－mail 普及得更快。

电子邮件简介

电子邮件源自 Electronic Mail，简称 E-mail。它是利用计算机网络交换的电子媒体信件。

在 Internet 上，分布着成千上万的 E-mail 服务器，如同真实世界中的邮局一样，负责 E-mail 的收发工作，每个服务器管辖着若干使用者的电子信箱。从功能上说，E-mail 服务器又可以分为收信服务器和寄信服务器。

互联网是采用“存储转发”的方式传递电子邮件的。发送的邮件首先经互联网提交并储存在向发信人提供邮件服务的服务器上。服务器的邮件

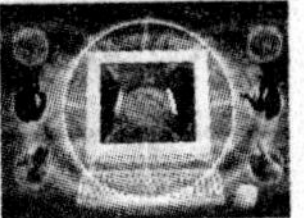

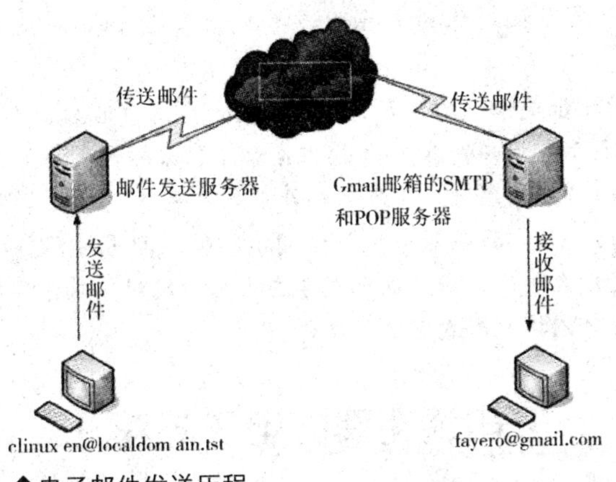

◆电子邮件发送历程

服务系统根据地址，一站一站地把邮件传送到向收信人提供邮件服务的服务器上，并储存在那里。收信人只要输入密码，就可以打开信箱阅读E-mail了。

开心驿站

电子邮件的优点

投递范围广、
传递速度快、
内容丰富、
容易保存、
价格便宜等。

链接——电子邮件的地址

E-mail像普通的邮件一样，也需要地址，它与普通邮件的区别在于它是电子地址。所有在Internet之上有信箱的用户都有自己的一个或几个E-mail address，并且这些E-mail address都是唯一的。邮件服务器就是根据这些地址，将每封电子邮件传送到各个用户的信箱中，E-mail address就是用户的信箱地址。就像普通邮件一样，你能否收到你的 E-mail，取决于你是否取得了正确的电子邮件地址。

电子邮件的地址是唯一的，它的一般形式为：用户名@服务器地址。

“用户名”表示电子邮件账户的用户名称，它由邮件服务器的管理员（根据用户要求）设置；“服务器地址”表示邮件服务器地址，可以为服务器的 IP 地址或域名。“用户名”与“服务器地址”之间以“@”符号分隔，含义为 at，简洁明了地传达了某人在某地，而且这个符号在人名中绝对不会出现的哦！知道了电子邮件地址，才可以接收和发送电子邮件。

申请免费的电子邮箱

在日益发展的信息社会，E-mail 的作用越来越重要，逐渐成为一个人的电子身份，拥有一个比较固定的电子邮件信箱日趋重要。

随着网络技术的发展，现在很多大型网站提供 1G 到 10G 不等的大空间免费电子邮箱服务，例如新浪、搜狐、网易等均提供免费电子邮件注册服务。除了基本收发邮件功能之外，各免费邮箱的空间大小和功能都有自己的特点。

常用免费电子邮箱申请地址一览表

网站	网页地址
网易免费邮箱	http://www. 126. com、http://www. 163. com
新浪免费邮箱	http://mail. sina. com/
Tom 免费邮箱申请	http://mail. tom. com/
Google 免费邮箱	http://mail. google. com/gmail 需要邀请函才可注册（邮箱超过 2. 5G）
Hotmail 免费邮箱	http://www. Hotmail. com/
MSN 免费邮箱	http://www. msn. com/
QQ	http://mail. qq. com/
21CN	http://mail. 21cn. com/

申请免费的电子邮箱步骤如下：

第一步，登录你要申请邮箱所在的网站，比如 http://www.163.com 等。

第二步，点注册帐号。

第三步，填写相关信息（用户名和密码必须写的）。

第四步，完成。

电子邮件的发送和接收

网上注册申请的免费电子信箱，收发邮件有两种操作模式：一种是通过浏览网页，实现电子邮件接收、发送和阅读，即 www 模式。另一种是直接通过对邮件服务器访问完成，即 POP 模式。就目前而言，绝大多数免费电子邮件采用 www 模式。

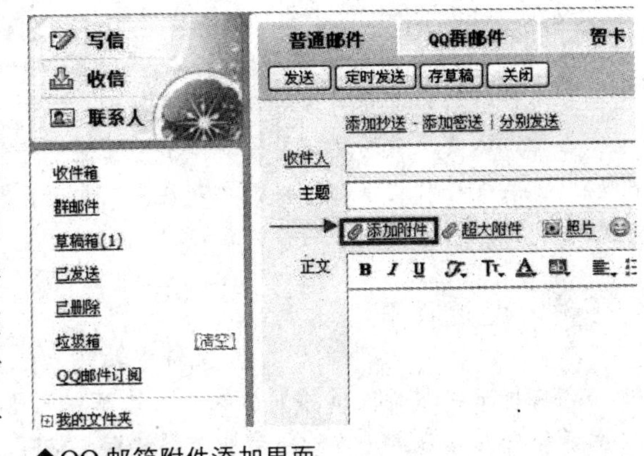

◆QQ 邮箱附件添加界面

拥有了自己的电子信箱，如果知道对方的电子信箱地址的话，就可以写信啦！

第一步，登录你申请的电子邮箱所在的网站。

第二步，在通行证登录处，输入你设置的用户名和密码。

第三步，单击登录按钮，屏幕显示通行证登录成功。打开网页后，即可进入自己的电子邮箱。

第四步，单击写信按钮，打开写信窗口。填写收件人电子邮件地址、主题等信息。如需要发送文件、图片、声音等信息，可单击添加附件，按照提示进行操作。

第五步，单击发送按钮。发送成功，屏幕显示“邮件发送成功”。

同样，当打开自己的电子邮箱时，单击收件箱中的邮件主题，就可以看到邮件的内容。

链接——超大附件

普通“邮件附件”一般只能发20M、30M，还要担心对方邮箱能不能接收这么大的附件。而几百M的照片压缩包、设计图，一般是无法通过电子邮件发送的。

现在，QQ邮箱通过中转站的大文件中转功能，可以让邮件大附件达到最大1G，并且可以发往任何的邮箱地址（不是QQ邮箱也可以接收，因为随邮件发出的是文件链接，不受对方邮箱大小限制）。

另外，需要注意的是，超大附件不像普通附件那样是永远存在的，因为文件中转站有着保存时间限制，接收者需要在文件保存期内进行下载。

友情提醒

文件中转站

文件中转站新推出续期功能，文件可以无限次续期——只要你认为需要长期保存，只需每隔一段时间进行续期，就可以一直保存下去。

利用手机收发电子邮件

◆用手机收发电子邮件

如果有重要的邮件到达，恰好手头又没有电脑，怎么办呢？

其实，你只要有一部能上网的手机就可以了！用手机收发电子邮件其实是手机上网的一种应用，这种应用不但使用方便，而且还比较实用。

利用手机收发电子邮件，首先要在手机中设置邮箱的信息（名称及密码），随后我们就能随时上网收发电子邮

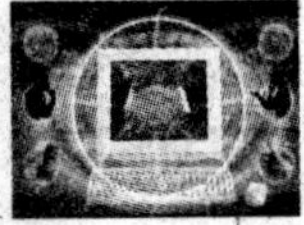

件了。

垃圾邮件

在英文中，垃圾邮件称作Spam，原指泛滥成灾、喧宾夺主、剥夺他人选择权利的行为。一般来说，凡是未经用户许可就强行发送到用户邮箱中的任何电子邮件都是垃圾邮件。

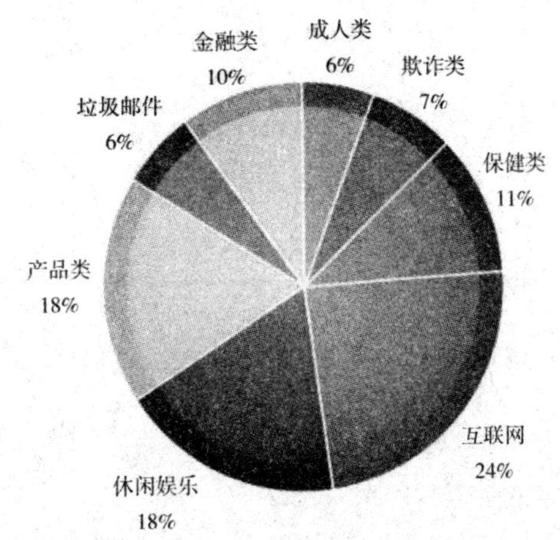

◆赛门铁克发布的2009年1月垃圾邮件现状报告

《中国互联网协会反垃圾邮件规范》规定下列属于垃圾邮件：收件人事先没有提出要求或者同意接收的广告、电子刊物、各种形式的宣传品等宣传性的电子邮件；收件人无法拒收的电子邮件；隐藏发件人身份、地址、标题等信息的电子邮件；含有虚假的信息源、发件人、路由等信息的电子邮件。

链接——如何防止垃圾邮件

1. 给自己的信箱起个"好名字"。太简单或过于常见的用户名，很容易被当作攻击目标。

2. 避免泄露你的邮件地址。

3. 不要随便回应垃圾邮件。

4. 借助反垃圾邮件的专门软件，如BounceSpamMail、McAfeeSpamKiller。

5. 使用好邮件管理、过滤功能。Outlook Express和Foxmail都有很不错的邮件管理功能，用户可通过设置过滤器中的邮件主题、来源、长度等规则对邮件进行过滤。

6. 学会使用远程邮箱管理功能。一些远程邮箱监视软件，能够定时检查远程邮箱，显示主题、发件人、邮件大小等信息，你可以根据这些信息来判断。

7. 选择服务好的网站申请电子邮箱地址。

8. 使用有服务保证的收费邮箱，收费邮箱的稳定性要好于免费邮箱。

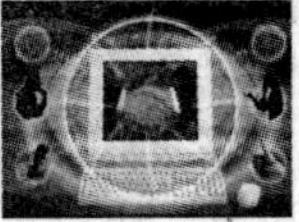

资源共享——上传下载

有人说，互联网最大的意义就是资源共享。

你经常从网上下载自己喜欢的歌曲、电影，或者是学习用的课件、资料吗？你用什么工具下载呢？

你有什么好的东西要跟大家分享吗？请你把自己的好东西放到网上与大家分享吧！

上传下载简介

上传（Upload）就是将文件从自己的计算机中复制至远程服务器上；下载（Download）就是从远程服务器复制文件至自己的计算机上。

因特网上既有极为丰富的信息供人们浏览，同样也有大量的资源可以下载。如果想更快、更好地下载资源，需要借助一些特定的工具软件哦！

小知识

P2P 方式下载是指下载不再完全依赖于服务器，内容的传递可以在网络上的各个终端机器间直接进行。

常用的下载工具

下载工具就是下载网络资源的工具。目前的下载工具多如牛毛，比如网络蚂蚁、迅雷、eMule 和 BitTorrent 等等。

在使用 FTP 或者 HTTP 方式下载软件时，如果某个软件的下载需求太多，而服务器只有一个，且网络带宽也是固定的，就会出现“僧多粥少”的问题，采用P2P方式下载软件能部分解决该问题。

迅雷

迅雷是一款基于多资源超线程技术的下载工具，它整合了多媒体搜索引擎技术和P2P等特点，有效地把原本孤立的服务器和其镜像资源以及P2P资源整合到了一起，具有下载稳定性高和下载速度快的优点。

◆迅雷主界面

利用迅雷下载文件的一般方法是：在网页界面上单击文件的链接地址或者右键单击，在快捷菜单中选择“使用迅雷下载”命令，或者用鼠标拖住文件的链接地址至迅雷软件的悬浮窗口处松开，随后在出现的对话框中做合适的选择和设置即可。

迅雷软件下载文件时的状态窗口分为文件夹管理和下载文件参数列表两栏。下载文件参数列表主要包括文件名称、文件大小、完成数、下载进度、速度、用时等。另外，下载过程中也可以通过悬浮窗口查看下载百分比及线程图示。

◆迅雷软件主界面图标

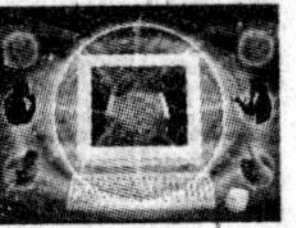

轻松一刻

迅雷

听说过“迅雷不及掩耳之势”吧，说的就是迅雷的下载速度哦！看它的名字，再看它的图标，像闪电、像雄鹰展翅翱翔，下载资源要想快，首选迅雷！

上传视频

如果自己有合适的资料、视频或者文件，想跟大家分享，目前也有很多网站支持上传，但一般都要限制资料的大小，或者是限制上传者的身份。

比如土豆网，土豆网是国内一家大型视频分享网站，用户可以在该网站上传、观看、分享与下载视频短片。土豆网于 2005 年 4 月 15 日正式上线，创始人为福建人王微。

◆土豆网首页

FTP 简介

FTP，是英文 File Transfer Protocol 的缩写，是 Internet 上用来传送文件的协议，它规定了 Internet 上文件如何传送。通过 FTP 协议，我们就可以跟 Internet 上的 FTP 服务器进行文件的上传或下载等动作。

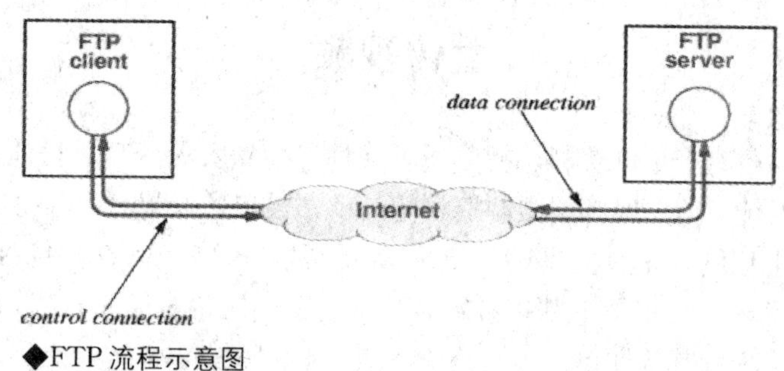

◆FTP 流程示意图

和其他 Internet 应用一样，FTP 也是依赖于客户程序/服务器关系的概念。在 Internet 上有一些网站，它们依照 FTP 协议提供服务，让网友们进行文件的存取，这些网站就是 FTP 服务器。网上的用户要连上 FTP 服务器，就要用到 FTP 的客户端软件，通常 Windows 都有“ftp”命令，这实际就是一个命令行的 FTP 客户程序，另外常用的 FTP 客户程序还有 CuteFTP、Ws _ FTP、FTP Explorer 等。

要连上 FTP 服务器（即登录），必须有该 FTP 服务器的帐号。如果是该服务器主机的注册客户，你将会有一个 FTP 登录帐号和密码，就凭这个帐号密码连上该服务器。但 Internet 上有很大一部分 FTP 服务器被称为“匿名”（Anonymous）FTP 服务器，这类服务器的目的是向公众提供文件拷贝服务，因此，这类服务器不要求用户事先登记注册。

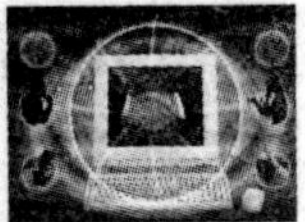

1. 你经常上网下载歌曲、电影吗?
2. 如果下载资源太少,该怎么办呢?
3. 自己建立一个FTP服务器。
4. FTP在上机课中有应用吗?

没有最便宜，只有更便宜
——网络电话

当你想给别人打电话，自己却没有电话，怎么办？当你和朋友海阔天空煲电话粥时，是不是有点担心高额的电话费呢？

其实，你只要有一个能上网的电脑，所有的问题就都解决了。知道是什么吗？那就是网络电话！不仅不需要再买话机，而且话费也很低。你还犹豫什么呢？

电话的发展史

◆固定电话：从手摇式、转盘式到按键式

如果说20世纪最伟大的科技成果是互联网，那么，19世纪最伟大的科技成果当属电话机了。100多年来，从固定电话到移动电话，再到即时通信，直到今天的网络电话，电话机早已“面目全非”了。下面，让我们一起来追寻电话的过去吧！

固定电话的发展经历了从带摇把的磁石电话机，到拨号盘式自动电话机，再到今天依旧是主流电话机结构的按键电话机，其结构设计已相当成熟，完全可以满足人们对于基本通话的一切需要。

伴随改革开放的进一步深化，移动通信产品也开始慢慢走进百姓身

◆手机

◆网络电话

边。基于移动电话的设计理念，固定电话机也开始逐步地进入无绳时代。

随着互联网技术的发展和网络的日益普及，QQ、MSN 等很多即时聊天工具都具备了音频功能，人们在网上不仅可以文字交流，更可以随心所欲地进行语音聊天。

所谓的网络电话，与 QQ 或者 MSN 等不同的地方是：通过网络电话可以拨打全中国乃至全世界任何一个国家的电话，且资费也要比传统的数字电话便宜很多。只要有网络存在的地方，网络电话都可以生存、发展，它不仅适用于私人，还可以用于企业或集团公司等。

网络电话简介

网络电话（Web phone），又称 IP 电话，源自 Voip（即 Voice over Internet Protocol），是通过互联网协定（Internet Protocol，IP）来进行语音传送的一种更先进、更可靠的新兴通信技术。

网络电话的传输模式有三种：

第一：PC to PC，即电脑对电脑，如腾讯 QQ。

第二：PC to Phone，即电脑对电话，如电话超市等其它 VOIP 网络电话。

第三：Phone to Phone，即电话对电话，如采用 PSTN 线路的“多多通信”网络电话。

第一种模式已经很普及很常见了，第二种模式是方兴未艾，很多软件都具有这种功能，而第三种模式是最先进的、最前卫和最高端的技术，而且在这一项技术上相对比较复杂，如环球通信推出的网络电话就是这种最先进的通迅技术。无论你是移动、联通、小灵通、固定电话哪一家的用户，都可以在不用更换你的原电话号码、不影响你电话的原有功能和资费的情况下，利用回拨技术来进行免费通话。

网络电话的工作原理

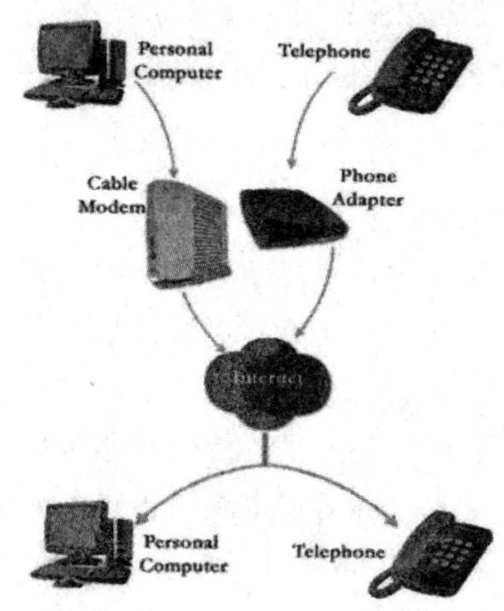

◆网络电话的工作原理

网络电话将声音通过网关（Gateway）转换为数据讯号，并被压缩成数据包（Packet），然后才从互联网传送出去，接收端收到数据包时，网关会将它解压缩，重新转成声音给另一方聆听。

网络电话的工作过程包括：语音的数字化、数据压缩、数据打包、数据解压缩、语音恢复。

传统的电话是以类比的方式来传送的，语音先会转换为讯号，通过铜缆将声音传送给对方。而网络电话则是传统通讯技术和互联网技术的完美结合。

随着互联网的进一步深入、主干网的升级，网速将提高千倍，网络电话的技术和质量也在不断地提高。当网络传输速度提高的时候，将可以达到音频和视频的同时传输，也就是可视电话。

网络电话的优势

网络电话作为传统通讯技术和互联网技术完美结合的一种新型电话接入方式，在接入成本、通话资费及应用功能拓展等方面具有显著的优势。

低成本接入

运营商不需要建设电话线、不需要维护基站、塔台，所有 VOIP 网络电话用户只要有一台可以上网的电脑，通过安装一款网络电话软件即可

实现。

客户群体大

我国宽带互联网建设高速发展，光纤入户的小区可以说是星罗棋布，近 3 亿的庞大网民群体更成为了 VOIP 网络电话能够在我国高速发展的最大推动力。

服务功能多

VOIP 网络电话通过应用功能的无限拓展，可以实现传统电话所无法实现的功能，或者说可以实现传统电话无法全部实现的综合应用功能。

链接——KC 网络电话

拨打国内的所有电话，不管是长途还是市话、不管是拨打座机还是手机，都是 0.1 元/分钟。而这款软件用户在充值的过程中还会有较大额度的话费赠送，其中最高的赠送额度甚至达到了 1∶1！所以，如果进行综合折算的话，拨打所有国内电话最低只需要区区 5 分钱/分钟，而即便是拨打国际长途最低也只需要 7 分钱/分钟。

网络电话的使用

首先，你要先选择适合自己的网络电话品牌，然后下载网络电话软件，注册一个属于自己的网络电话账户，给账户里面充值后，就可以进行拨打电话或者收发短信等业务了。如果里面有免费赠送的话费，你就可以直接拨打试用了！

软件名称	软件大小	软件类别	软件授权	软件语言	软件运行环境
网里通免费网络电话 2009 3.0	4956KB	国产软件/网络电话	免费版	简体中文	Win7/XP/2000/2003/Vista
UUCall网络电话迷你版	959KB	国产软件/网络电话	免费版	简体中文	Win7/XP/2000/2003/Vista
KC网络电话 1.41	6840KB	国产软件/网络电话	免费版	简体中文	Win7/XP/2000/2003/Vista
360网络电话 1.4	4938KB	国产软件/网络电话	免费版	简体中文	WinXP/2000/2003/Vista
e信网络电话 3.2	5745KB	国产软件/网络电话	免费版	简体中文	Win7/XP/2000/2003/Vista

◆常用网络电话所需软件介绍

链接——网络电话的共性

虽然目前的网络电话品牌众多，但它们还是有很多共同点的哦！

1. 能够在任何可以连接互联网的地方拨打全球的电话，而且没有漫游费。

2. 话费都比我国的电信运营商便宜很多，特别是拨打国外电话的时候尤为突出。

3. 拨打电话需要一台可以上网的电脑，使用耳麦就可以通话了！

4. 全国各地都可以充值，充值方式也很多：网上支付、银行转帐、现金汇款、购买充值卡等等，缴费相当地灵活。

5. 一般不需要真实的身份验证，对于一些想保密的朋友来说再合适不过了！

6. 有首次申请开通送话费的好处，可以先试用。

7. 话费清单一目了然，什么时候都可以在线查询，可以放心消费。

小贴士——使用网络电话要小心

既然网络电话的基础要靠网络的正常运行，那么影响数据网络的攻击都可能会影响到 VOIP 网络电话，如病毒、垃圾邮件、非法侵入、DOS 攻击、劫持电话、偷听、数据嗅探等。

当然，网络电话的漏洞还有其它的方面，尤其是安全性。据悉，有种软件用网络电话拨打固定电话与移动电话时，其来电显示可以由主叫方任意设置，甚至可以设成 110、119 以及银行客户服务电话等特殊号码。

1. 网络电话和传统电话相比，有什么优点？
2. 网络电话的通话质量由哪些因素决定？
3. 网络电话为什么比传统电话收费便宜？
4. 使用网络电话要注意哪些事项吗？

各国名师任你挑
——网络指导学习

当你对某一个学习问题百思不得其解的时候，你如何寻求帮助呢？如果你对某个学习内容很感兴趣，你会不会利用网络来开拓你的视野，对这个内容有更多地了解呢？

◆学生在家里利用网络学习

不必跋山涉水，你就可以得到名师的指点，这就是网络！一个科技发展的产物，也是信息时代的标志，我们理所应当对其进行追求和探索。

网络学习简介

所谓网络学习，就是指通过计算机网络进行的一种学习活动，它主要采用自主学习和协商学习的方式进行。

相对传统学习活动而言，网络学习有以下三个特征：一是丰富的和共享的网络化学习资源；二是以个体的自主学习和协作学习为主要形式；三是突破了传统学习的时空限制。

链接——学习网站知多少

随着网络的日益普及，中学生的学习网站犹如雨后春笋，这里列举一些，供大家学习用。

教育网站大全 http：//www. hongru. org/jywz. htm

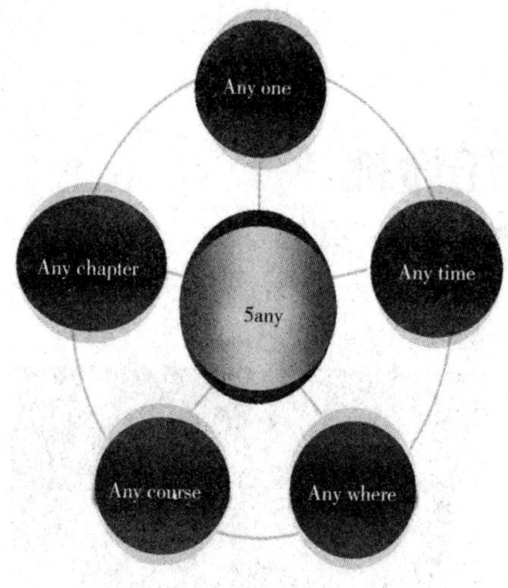

◆网上学习 5any

中国数学在线 http：//www. mathfan. com/

数学网站联盟 http：//www. sxlm. net/index2. asp

24 小时学习网 http：//www. 24xuexi. com/Article/hy/

英语之声 http：//www. 4english. cn/

教育学习网 http：//www. eduxue. com/kaoshi/english/a/

学程无忧 http：//www. xy51. com/Article/eng/zszb/sti/

goo 学网 http：//www. gooedu. cn/Article/en/zhuan4zhuan8/zhidao/

物理 http：//www. srxedu. net/

化学网站 http：//www. zxcm. net/

我爱化学 http：//www. 52chem. net/

历史书籍 http：//www. guoxue. com/wenxian/wxshi/wxshi. htm

网络大学

◆中央广播电视大学网络大学

网络大学是以互联网为教学工具的现代远程教育。学习者只要有学习的愿望和基本的上网知识，就可以不受地域和时间的限制，在工作之余随心所欲地安排学习。网络大学通常实行弹性学制，允许学习者自由选择学习期限。网络大学需要学习者有很强的自制力和自主性，因为和传统教学的方式不同，远程教育主要是学习者通过点击网上课件（或是光盘课件）来完成课程的学习，通过电子邮件或发贴子的方式向教师提交作业或即时交流。

根据教育部文件，试点院校的网络学院可以自己决定招生范围和标准、考试方式、招生人数、招生专业以及颁发文凭，颁发的毕业证书，国家承认学历。符合报名条件的学习者可直接在网校主页进行网上注册，填一份报名表并将个人资料书面邮寄一份。不符合免试入学条件者须参加学校的入学考试，通过者便可被录取为网大学生，并寄发录取通知书。

网络学习平台

网络学习平台是一个包括网上教学和教学辅导、网上自学、网上师生交流、网上作业、网上测试以及质量评估等多种服务在内的综合教学服务支持系统，它能为学生提供实时和非实时的教学辅导服务。网络学习平台一般包括管理系统模块、学习工具模块、协作交流模块、网上答疑模块、学习资源模块、智能评价模块和维护支持模块。

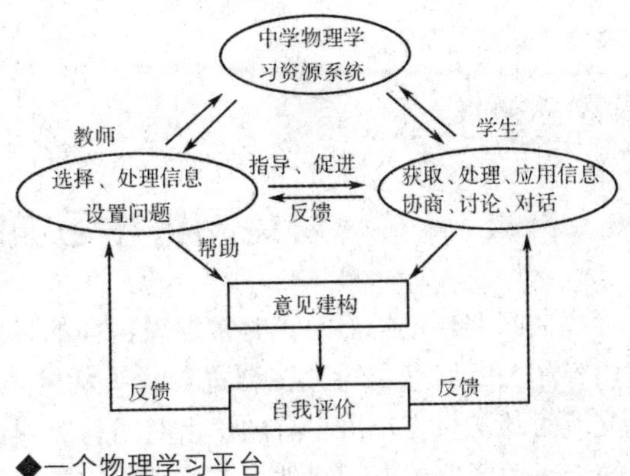

◆一个物理学习平台

由于基于网络的学习平台在我国还处于新兴事物，无论在理论上还是在技术上都还有待进一步研究、开发。但是，随着计算机技术和网络技术的发展，网络学习支撑环境的建设会逐步趋向于完善，基于网络的学习平台也必将成为人们在未来社会中学习的主要形式之一。

网络学习的弊端

网络学习是一把“双刃剑”。在给我们的学习带来便利的同时，也存在着一些难以克服的弊端。

在网络背景下学习，由于自主性加大，容易忽略学科本身的逻辑顺序；网上资源纷繁复杂，尤其是还有许多不健康网站，很难保证学生学习不受不利资源的影响，有些学生甚至可能沉湎其中不能自拔；一些网上课

◆网络成瘾，危害不小

程往往没有教师指导，百分之百依赖学生自学，容易导致学习失败或无效学习；学生的思维容易中断；不利于师生的情感交流；青少年由于在认知水平、辨析能力等方面都不成熟，面对网上的多元化价值观往往难以作出正确的选择；网络学习中存在情感淡漠和情景变异的可能性。

因此，在利用网络进行学习时，要用好资源哦！

避免网络学习中的迷航

在网上自主学习时，时常发现这样的现象，有的学生希望查找跟学习内容相关的信息，却又在浏览着无关的网页；有的学生浏览了很多网页，交流时却又只言片语；有的学生明明打算寻找学习伙伴协作学习，却又发送着无关紧要的电子邮件；有的学生搜集到了许多有用的信息资料，却又疲于整理，不能为自己所用。于是，真正解决学习问题的时间和精力就大打折扣，学习效果也就不尽人意，甚至出现高耗低效的现象。

面对无序而又海量的网络信息，人们很容易迷失在信息的汪洋大海中，忘记学习目标，进而表现出迷茫、无措、烦躁或焦虑，这就是信息迷航。

在网络学习中出现迷航现象是极其有害的，如何避免呢？从以下几个方面说起。

网页的呈现

网上学习内容的呈现应遵循中小学生的认知特点，做到知识结构清楚、分类明确，并注意学习内容的循序渐进。

教学网页的界面应该简洁明了、重点突出，为激发学生的学习兴趣，适当增加网页的生动性，但不能哗众取宠，引起学生与学习不相关的无意注意。

页面上提供的学习信息资料不宜过多，当必须呈现较多的信息时，应体现出层次性。

在网页上设置超链接内容时，宜在同一个窗口内跳转到所链接的内容，避免学生频繁关闭窗口，也便于学生能够后退到所打开过的窗口。

尽可能在教学网站内部设置搜索引擎，以便学生快速定位记忆模糊的页面。

精心设计网络导航，让学生随时了解网站的逻辑结构和自己所处的学习位置。

教师的作用

教师应帮助每一位学生明确学习目标。

在学习的自始至终都应该注重培养学生正确的学习动机、激发学生的学习兴趣。

当学生在学习过程中遇到困难时，应视情况给予及时的指导和帮助。

当学生在网上自主学习到一定程度时，教师要及时地引导学生进行总结并进入下一阶段的学习，在网络学习中，我们更要有时间观念和效率观念。

当学生需要到教学网页以外的互联网上搜索信息时，教师应该为学生推荐干扰较少的搜索引擎，如百度、Google 等。

培养能力

注重学生网上学习能力和信息能力的培养，结合信息技术课和其他学科教学，使学生熟练掌握计算机操作和网络浏览等基本技能，让学生把有限的注意力资源分配在搜集信息、处理信息上。

让学生掌握合理的搜索策略，特别是搜索引擎的使用技巧；注重学生批判性思维的培养，提高学生的信息鉴别能力。

让学生知道占有信息并不是最终目的，处理信息、创造信息才是根本，要教会学生留出思考时间来消化和吸收信息，并为自己所用。

只有当学生能够自如地利用信息、创造信息的时候，信息迷航现象才能从根本上避免。

1. 如果你对某位名师很感兴趣，你如何利用网络来获取这位老师的视频、讲座或者课件呢？

2. 网上学习和传统学习相比，有什么优缺点？

3. 如何避免自己在网络学习中迷航呢？

我的地盘我做主
——网络日志

岁月，在无声中流逝，过去的、现在的、将来的，坎坷的、平坦的，开心的、苦恼的，所有的一切，如果能记下来，作为生命的印记，等到某一天，翻开来看看，是不是一件很有意义的事情呢？

过去，你可能仅仅把它写在自己的日记里，今天，你可以把它写到网络里，配上漂亮的图片和动听的音乐，让别人和你一起分享！

◆EVE 的网络日志

网络日志简介

网络日志，英文是 Weblog，简称 Blog，又称博客，指以网络作为载体，简易迅速便捷地发布自己的心得，及时有效轻松地与他人进行交流，再集丰富多彩的个性化展示于一体的综合性平台。一个 Blog 其实就是一个网页，它通常由简短且经常更新的帖子所构成，这些文章都按照年份和日期倒序排列。

Blog 的内容和目的有很大的不同，从对其他网站的链接和评论，有关公司、个人构想到日记、照片、诗歌、散文，甚至科幻小说的发表或评论都有。许多 Blog 是个人心中所想之事的发表，其他 Blog 则是一群人基于某个特定主题或共同利益领域的集体创作。

链接——小议 Blog

Weblog 是 Web 和 Log 的组合词。Log，原义是“航海日志”，后指任何类型的流水记录。Weblog 是在网络上的一种流水记录形式。Blogger 或 Weblogger，是指习惯于日常记录并使用 Weblog 工具的人。

有人说，Weblog 是继 E-mail、BBS、ICQ 之后出现的第四种网络交流方式，是网络时代的个人“读者文摘”，是以超级链接为武器的网络日记，代表着新的生活方式和工作方式，更代表着新的学习方式。它不仅记录情绪，还包括大量的智慧、意见和思想。某种意义上说，它也是一种新的文化现象，博客的出现和繁荣，真正凸现网络的知识价值，标志着互联网发展开始步入更高的阶段！

博客的历史

1997 年 12 月，Jorn Barger 提出 Weblog 这个名称。

1998 年 12 月，Jenfosift 的编辑 Jesse・Garrett 把搜集好的类似博客站点的网站名单发给了 Cameron，Cameron 觉得这份名单非常有用，就将它在 Camworld 网站上公布于众。

到了 1999 年初，这份“完全博客站点”名单所列的站点已达 23 个。由于 Cameron 与 Jesse 共同维护的博客站点既有趣又易于阅读，由此吸引了很多人。

随着博客数量的剧增，Cameron 后来就只在网站上登载熟悉的博客站点了。

1999 年 7 月，一个专门制作博客站点的“Pitas”免费工具软件发布了。

随后，上百个同类工具也如雨后春笋般制作出来，博客站点的数量出现了一种爆炸性增长。所有的这些服务都是免费的，他们的目的也很明确：让更多的人成为博客，来网上发表意见和见解。今天，许多博客系统提供丰富的自定义画面装饰功能，让不熟悉网页制作的用户也能制作网页。

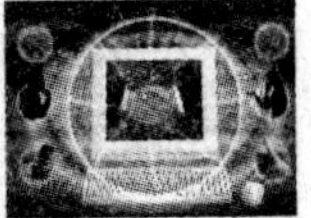

你知道吗？

我国互联网博客用户突破1亿人啦！

中国互联网络信息中心2008年发布的《第22次中国互联网络发展状况统计报告》显示，目前我国拥有个人博客或个人空间的网民比例达到42.3%，用户规模达到1.07亿人。

数据显示，半年内更新过博客或个人空间的网民比例为28%，半年内更新过的用户规模超过7000万人，半年更新用户增长率高达43.7%。

博客的分类

按照Blog存在的方式，可以分为：

托管博客：无须自己注册域名、租用空间和编制网页，只要去免费注册申请即可拥有自己的Blog空间，是最方便、快捷的方式。

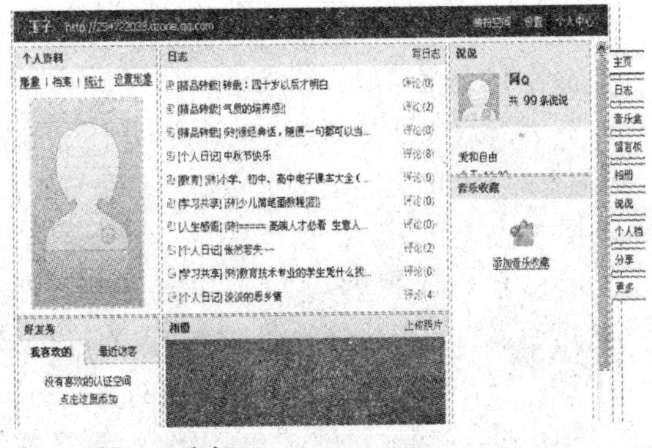

◆玉子的QQ空间

自建独立网站的Blogger：有自己的域名、空间和页面风格，需要一定的条件，例如自己需要会网页制作，需要懂得网络知识。当然，独立域名的博客更自由，有最大限度的管理权限。

附属Blogger：将自己的Blog作为某一个网站的一部分（如一个栏目、一个频道或者一个地址）。

这三类之间可以演变，甚至可以兼得，一人拥有多种博客网站。

据有关人士调查表明，2009年中文博客排名前十的是：QQ空间、新浪博客、博客大巴、和讯博客、百度空间、搜狐博客、博客网、CSDN blog、网易博客、博客园。

开心驿站

好消息

现在提供Blog的网站可多啦！像新浪、搜狐，还有博客中国网等等，都提供博客的模板，你只需要选择自己需要的风格、栏目等就可以了！

开通博客

记录个人生活点滴。

传达个人自由思想。

抒发与分享个人情绪。

分享与交流知识、技术。

认识同好、结交朋友。

分享创作文学、绘图作品。

宣传企业文化，推销产品。

很多名人都开通博客了，如果你想了解他们，就登录他们的博客吧！当然，如果想写下自己的点点滴滴，自己也可以开通博客哦！

第一步，登录你想开通博客的网站，比如新浪网。

第二步，选择“博客”，页面就会跳转到新浪博客首页。

第三步，选择“开通新博客”，注册相关信息。

第四步，网页上会恭喜你注册成功，接下来只要填写你的相关信息，就可以拥有自己的博客了。

动手做一做

选择一个自己喜欢的博客网站，开通一个属于自己的博客吧！

1. 什么是微博？与博客相比，它有哪些优势？
2. 博客上的日记有些内容想保密，怎么办？
3. 如何插入音乐、照片来美化自己的博客呢？
4. 面对博客上的恶搞，该怎么办？

今天你网游了吗
——网络游戏

◆网络游戏：魔兽世界

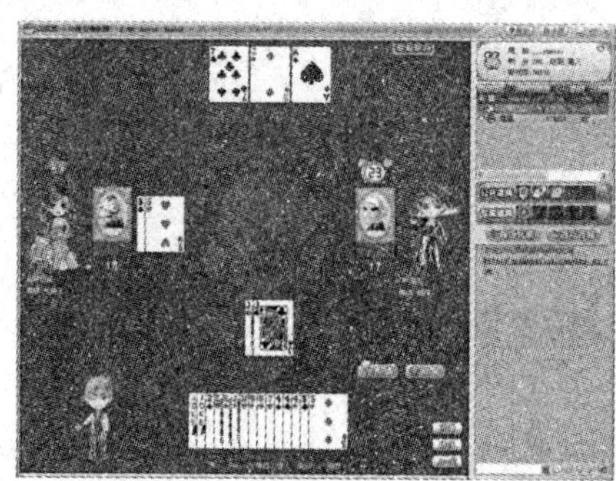
◆斗地主

有时候，你会不会感到学习压力大，想找个方式放松一下呢？

有没有想过假如你是一位武林高手，会去行侠仗义，替天行道呢？

有没有想过和你的同学、朋友一起去捉妖降魔呢……

网络游戏简介

网络游戏，又叫在线游戏或线上游戏（On－Line Game，简称OLG），依托于互联网、可以多人同时参与的游戏，通过人与人之间的互动达到交流、娱乐和休闲的目的。

单机游戏，模式多为人机对战。因为其不能连入互联网而互动性稍显差了一些，但可以通过局域网的连接进行多人对战，而不需要专门服务器也可以正常运行的游戏。

网络游戏类型

以人数来区分，网络游戏有三种类型。

单人网络游戏：大多数是对网速和硬件要求不高的各种网页游戏，单人在线休闲游戏。

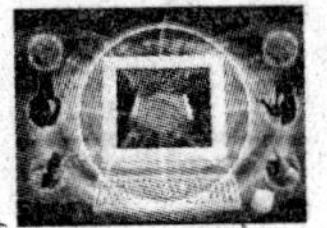

多人网络游戏：大多数是竞技游戏，如《战地》、《使命召唤》、《极品飞车》、《实况足球》等游戏的多人游戏部分都属于这种类型。主要有即时战略、第一人称射击、体育、竞速等多种类型。也包括各互联网公司推出的各种小型在线游戏，如麻将、斗地主、连连看等。这种游戏通常是一个玩家建立一个游戏场景，而由其他玩家加入来进行游戏。

大型多人网络游戏：英文简称为 MMO（Massively Multiplayer Online），这种游戏往往是一个由游戏公司管理、永不关闭（除非停止运营）的虚拟世界。如魔兽世界、EVE、激战、指环王 OL、科南时代等，此类游戏人数较前两者为多，较多者甚至可达到数十万人。

链接——网络游戏的运作

第一种：游戏平台型。早期传统的单机游戏因为网络的普及而演变出来的游戏平台类型。主要是由网络来提供一个可以和其他玩家一起进行该款游戏或是进行对战的平台。这类游戏在欧美地区的游戏中较常见，如有 Crysis（孤岛危机）、Age Of Empires（帝国时代系列）、Warcraft（魔兽争霸系列）等。

第二种：虚拟世界型。由公司架设服务器来提供游戏，而玩家们则是由公司所提供的客户端来连上公司服务器以进行游戏。大多数玩家都会有一个专属于自己的角色（虚拟身份），而一切存盘以及游戏资讯均记录在公司端。此类游戏大部分来自美国以及亚洲地区，这类型游戏有 Planetside OL（星际 OL）、World of warcraft（魔兽世界）等。

网络游戏发展史

网络游戏发展到今天，大致经历了三个时代。

第一代网络游戏

1969 年至 1977 年，由于当时的计算机硬件和软件尚无统一的技术标准，因此第一代网络游戏的平台、操作系统和语言各不相同。

游戏特征：①非持续性，机器重启后游戏的相关信息即会丢失；②游戏只能在同一服务器/终端机系统内部执行，无法跨系统运行。

商业模式：免费。

第一款真正意义上的网络游戏：《太空大战》。

第二代网络游戏

1978 年至 1995 年，一些专业的游戏开发商和发行商开始涉足网络游戏，他们与 GEnie、Prodigy、AOL 和 CompuServe 等运营商合作，推出了第一批具有普及意义的网络游戏。

游戏特征：网络游戏出现了“可持续性”的概念；游戏可以跨系统运行。

商业模式：主流计费方式是按小时计费，尽管也有过包月计费的特例，但未能形成气候。

第一款真正意义上的实时多人交互网络游戏：“MUD”。

第三代网络游戏

1996 年至今，越来越多的专业游戏开发商和发行商介入网络游戏，一个规模庞大、分工明确的产业生态环境最终形成。

游戏特征：“大型网络游戏”（MMOG）的概念浮出水面，直接接入互联网。

商业模式：包月制及免费制被广泛接受，成为主流的计费方式。

第三代网络游戏始于《子午线 59》。

链接——内测和公测

网络游戏在正式运营前，首先要进行测试，测试的目的是发现软件中的缺陷。一般说来，网络游戏分为内测和公测。最简单的说法就是，内测就是不公开游戏，发号给部分玩家，让玩家在玩游戏的同时找到游戏的问题；公测，就是游戏公开，所有玩家都可以玩，并在其中找到问题，报给官方再对游戏里的问题给予处理。

内测就是游戏制作商，游戏代理商以及相关的策划人员对游戏的运行性能，游戏的文化背景，以及游戏系统方面的问题进行技术阶段的全面测试，步骤是非

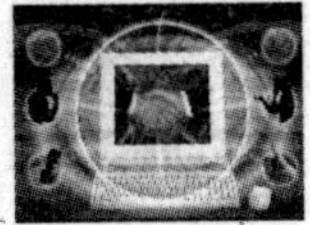

常详尽的，具体到游戏中人物的服饰、动作、语言。公测是邀请一些全国各地的用户参加测试，主要是侧重于客户端可能出现的问题，测试服务器的性能和查找程序的 Bug。

小知识

中国自主知识产权的第一款网络游戏是《侠客行》。

网络游戏的外挂

网络游戏的外挂是一种为达到某种目的，修改游戏系统，欺骗服务器的作弊程序。它位于网络游戏主程序以外，直接作用于网络游戏主程序，从而增加游戏原本没有的功能的小程序。

打个通俗一点的比喻，就是通过修改工具，直接去修改游戏内容。

想一想 议一议

为什么要防止外挂？

网络游戏之所以能够成为区别与普通单机游戏的多人互动游戏，新意就在于其开辟了一条新的游戏道路，把社会性协作引入了游戏中，生产、战斗、采集、环环相扣、缺一不可。而“外挂”的出现，无情地粉碎了这个原本公平努力奋斗的世界。

网络游戏工会

网络游戏工会是网络上给游戏玩家提供的一个交流、互动平台。作用如下：

你能在上面找到曾经一起玩过某款游戏的朋友，可以聊聊游戏，可以一起玩，也可以分享其他愉快的体验。

能够给你指点一个正确游戏的方向，而不是让你放弃学习、生活、家庭，一味地沉迷在虚拟的网络中。甚至当你在生活和学习中遇到困难，可以有一个解决问题的地方。

可以为网络游戏玩家争取正当权益，拿回被盗取的账号，声讨不良的商家，谴责游戏中不好的行为。

网络游戏防沉迷系统

◆学生网民在网吧玩游戏

鉴于目前多数网络游戏都设置了通过长时间在线累计获得经验增长和虚拟物品奖励的功能，使得自我调节能力较弱的未成年人过度沉迷网络游戏，不但损害了身心健康，也导致正常的学习、生活受到不同程度的影响。

因此，新闻出版总署倡议并联合中央文明办、教育部、团中央、信息产业部、公安部、全国妇联、中国关心下一代工作委员会等八部委，已经联合下发了《关于保护未成年人身心健康实施网络游戏防沉迷系统的通知》，要求国内所有网游（包括代理的国外网游）均必须增加防沉迷系统，否则不允许运营。该系统将只针对未成年人，除大型网游外，也包括腾讯和联众运营的休闲网游。

我国的网络游戏防沉迷系统于 2007 年 7 月 16 日正式使用，虽然沉迷网络游戏的问题各国都有，但这样的技术保护政策还是我国政府首创的。

链接——《网络游戏防沉迷系统开发标准》

未成年人累计 3 小时以内的游戏时间为“健康”游戏时间，超过 3 小时后的 2 小时游戏时间为“疲劳”时间，在此时间段，获得的游戏收益将减半。如累计游戏时间超过 5 小时即为“不健康”游戏时间，收益将降为 0，以此强迫未成年人下线休息、学习。

1. 你喜欢网络游戏吗？为什么？
2. 你觉得该如何处理网络游戏和学习的关系呢？
3. 单机网络游戏的测试应该属于哪一类呢？它有没有公测呢？

赚得一桶金
——网络兼职

◆兼职赚钱新形势

有没有觉得父母给你的零花钱不够用呢？有没有想到自己也能自力更生呢？

如果你有时间，如果你有才华，或者你有……那么，机会来啦，快看下面的内容吧！

网络兼职

网络兼职，也叫“网上兼职”，是“网赚”的一种。顾名思义，网络兼职就是以互联网为沟通纽带和工作的平台，以“兼职”或“副业”的形式给单位或个人打工而获得劳动报酬的工作方式。

随着科技现代化和通讯技术的发展，互联网拉近了人们交流的空间。一方面，某些单位和个人为了缩减劳动力成本，有招聘网络兼职的客观要求；另一方面，确确实实存在一部分在网上冲浪的人群有足够的空余从事网络兼职。

于是，网上兼职以更为自由、开放、弹性的工作方式，在国内流行并发展起来。随着网络时代的来临，出现了 SOHO—Small Office（and）Home Office 一族！

知识广播

网上兼职赚钱的原理

其实网上兼职之所以能赚钱，是因为你转让了某些东西，比如说，你的技术、你的 IP、你的劳动力、你的资金等等，和现实中给别人打工一个形式，只是在网上罢了。

链接——第一个网络兼职公司

网络赚钱，或网上赚钱，最早出现在美国。

1997 年 6 月，美国出现了世界上第一家“免费赚钱”公司，申请者将该公司的广告放入个人网页，等着浏览者点击该公司的广告，就可以得到一定数量的美元，它属于点击类赚钱的方式。当年 11 月，提供点击类赚钱服务的广告代理商出现。

当然，点击、注册、挂机这些属于传统的网赚，现在已经很落后、很过时了！

对网络兼职的理解

第一种：基于互联网提供各类兼职信息。

这里的网上兼职中的“网上”是一种平台和工具，是一种媒介，是借助互联网用以提供各类兼职信息（含传统兼职），现今国内的专业兼职网站也几乎是这种形式、意义。

第二种：只能通过互联网才能完成的工作，分为无技术类和有技术类。

无技术类：如打字兼职、网店服务兼职、付费调查兼职等。一般都是短期的兼职项目，适合临时做一做，占用时间不多，可弥补收入少之不足。适合闲暇之余做一做，以充实自已、锻炼自已。但是此类兼职不适合拿来创业，仅限于兼职。

有技术类：如威客兼职、网站站长、网站栏目特约供稿人、开网店等。这类兼职需要掌握一定技能的人才能胜任。此类兼职如果做得非常成功，可以转向专职做，具有很大的独立创业前景，而这种创业投资不大，所以这也是许多Soho一族所追求的事业之一。

随着“信息高速公路”在全球迅猛发展，国际互联网不断延伸，计算机日益普及，B2B、B2C等电子商务已在全球遍地开花，并取得了令人瞩目的成就。在家中轻点鼠标进行网上购物和网络办公已不是什么新鲜事——这一切都向人们宣告“E时代”的来临。

网上兼职是一种新兴的赚钱方法，其特点是零投资、无风险、占用时间少。

网络兼职一定能赚钱?

◆骗局曝光

“鼠标一点，黄金万两”，“家中轻松坐，钞票网上来。”面对如此诱人的网上兼职广告，你是否会怦然心动?

现在网络上出现的网上兼职五花八门，可信度也令人怀疑。很多骗子公司利用白领想在闲暇挣钱的心理，打着兼职打字的旗帜，让网友交一定的押金之类的。

骗子公司的最明显特征有两个：第一，这些公司都会要求先交押金；第二，这些公司会要求你先免费给他们干一些活。

网上兼职做为一个新兴的行业，能赚到钱是一定的，但是要擦亮眼睛，小心受骗哦!

小知识——几种比较靠谱的网络兼职

1. 做网赚，也就是参加可靠站点推荐的一些网赚项目。

2. 做个兼职推广员，帮助别人推广网站来赚钱。

3. 网上开店卖商品。

4. 靠建网站赚钱。

网络兼职常用语

访问量：就是有多少不同的IP地址访问了您的网站。

浏览量：就是你的网页一共被浏览了多少次。

网站主：就是网站的所有者。

广告主：就是在网站上花钱做广告的公司或个人。

支付工具：当你需要网站给你付款的时候，网站一般将钱给到你的账户里，这个账户就是支付工具。常见的支付工具有：网银、支付宝和 E—gold。

最小支付金额：有的网站为了划款的时候方便和减少不必要的工作，规定你在该网站上必须要赚到多少钱以上才能申请支付。相应的有的网站上写着“无最低支付”的意思是没有规定最小支付金额，你在该网站上赚到一分钱也可以申请支付。

1. 网络赚钱为什么越来越受欢迎？
2. 网络上可以赚钱的道理是什么？
3. 如果你想在网上创业，你会采取哪种网络兼职方式呢？
4. 网络兼职对你的学习、生活有没有帮助？

用鼠标逛商店，省钱又方便
——网上购物

◆网上购物

当你需要衣服、图书、玩具这些东西的时候，和父母或者同学、朋友一块上街时，有没有感觉逛得很累，也没有找到适合自己的商品的时候呢？

如果你经常上网，那就方便多了。不必东奔西走，你只需要呆在家里，就可以享受逛街的乐趣。轻轻点击鼠标，琳琅满目的商品尽收眼底，逛街—购物—付款，轻松搞定！您只需静待商品上门。而且，要告诉你的是，网上的东西比商场里便宜很多呢！

还有，如果你想当老板，那就先在网上开个小店吧，现在开网店很简单的！

怎么样，不错吧？那就快来试试吧！

网上购物简介

所谓网上购物，就是通过互联网检索商品信息，并通过电子订购单发出购物请求，然后填上私人支票帐号或信用卡的号码，厂商通过邮购的方式发货，或是通过快递公司送货上门。

国内的网上购物，一般付款方式是款到发货（直接银行转帐，在线汇款）。而且，现在网上购物有担保啦！像淘宝支付宝、腾迅财付通等，都可以担保交易，支持货到付款呢！

2009 年，我国网络购物市场依然延续了近两年来的高速增长。根据调

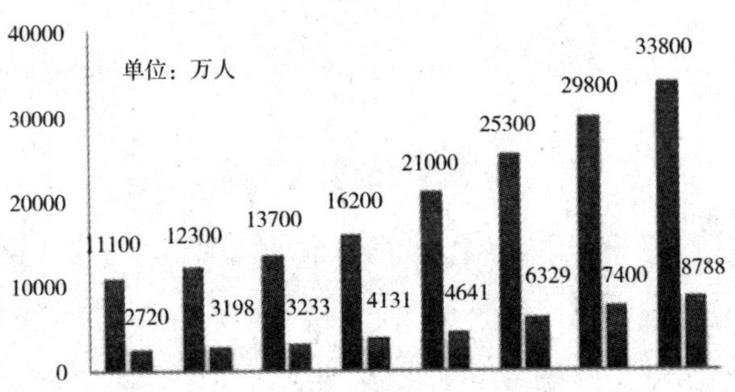

◆中国网民、网络购物人数对比图

查数据显示，全年网络购物市场交易规模达 2483.5 亿元，同比增长 93.7%；网络购物交易规模占社会消费品零售总额的比重上升至 1.98%；同时，网络购物用户规模有望突破 1 亿，其在网民当中的渗透率进一步增加，可达 28.2%。网络购物成为经济危机时期，网络经济各个行业当中，所受的负面影响最小、而成长性最佳的热点行业之一。

利用网络进行的商务活动称为电子商务。现在网上卖东西的网站类型，即电子商务网站的类型有 B2B、B2C、C2C、B2M、M2C、B2A（即 B2G）、C2A（即 C2G）七类电子商务模式。

传统的电子商务主要有 B2B、B2C、C2C 这三大类型。

B2B：商家（泛指企业）对商家的电子商务，即企业与企业之间通过互联网进行产品、服务及信息的交换。像阿里巴巴、中国制造网、慧聪网、瀛商网、电子商务学吧等。

B2C：企业对用户，即企业通过互联网为消费者提供一个新型的购物环境——网上商店，消费者通过网络在网上购物、在网上支付，像当当网，卓越网等。B2C 模式是我国最早产生的电子商务模式，以 8848 网上商城正式运营为标志。

C2C：用户对用户的模式，C2C 商务平台就是通过为买卖双方提供一个在线交易平台，使卖方可以主动提供商品上网拍卖，而买方可以自行选择商品进行竞价，像 ebay、淘宝网、拍拍网等。

你知道吗？

网上购物的组成元素

必要元素：

1. 买家
2. 卖家
3. 商品
4. 电脑
5. 网络
6. 购物/拍卖网站

补充要素：

1. 物流/邮局
2. 网上银行

小 书 屋

在电子商务类型中，B指的是Business，C指的是Customer，中间的2意思是To，取的是其谐音。

想一想　议一议

1. 这三种传统的商务模式分别有哪些优点呢？
2. C2C模式像我们现实世界中的什么市场呢？

网上购物的优点

便利性：无需花费交通费，避免挤公车、晒太阳，可以在家“逛商店”，不再受时间限制，从订货、买货到货物上门无需亲临现场，既省时

又省力。

及时性：快来尝试“永不打烊”的商城吧！无论是青天白日还是凌晨深夜，您都可以在这里网罗到心仪商品。

◆网络购物受欢迎

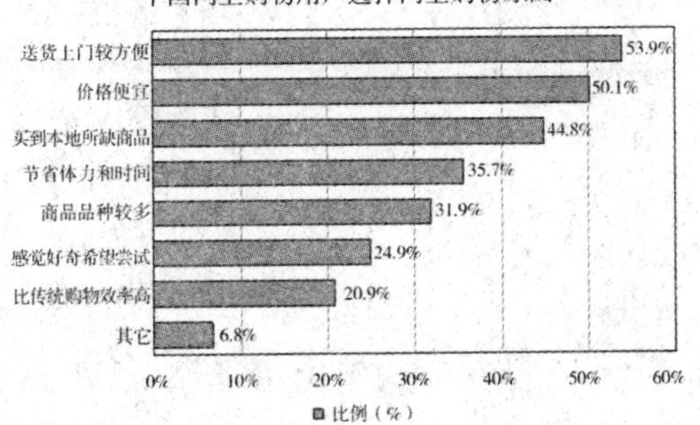

无限性：打破地域限制，网上购物提供了琳琅满目的商品、超低的价格，还能发掘难觅的商品，获得大量的商品信息。没有找不到的，只有想不到的。

安全性：不用担心坐车钱包被盗。只需开通财付通就可放心购物，买得放心，用得开心。

还有一点非常重要的，由于网上商店省去租店面、招雇员、存储保管等一系列费用，其价格较一般商场的同类商品更便宜！

开心驿站

总的来说，网上购物的优点可以归纳为六个字：方便、快捷、实惠！

网上购物的一般步骤

首先是要找到你所喜欢的网上商城，比如B2C的当当网、卓越网，C2C的淘宝、易趣等。然后在该网站上注册一个账号，然后就可以开始你的网上购物之旅了。

就像逛超市一样，按照你的喜好，在网上商城里找到你所喜欢的东西，查看该商品的具体信息，如果你有买的意愿，就把它放到“收藏夹”

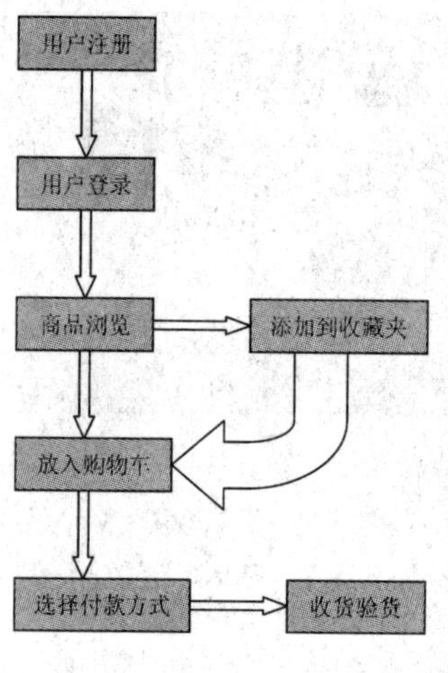

（注意是该网站上你账户下的收藏夹，不是浏览器里的那个）。当你逛得差不多了，就可以准备结账了。

到“收藏夹”，把你真正想买的东西挑出来，放进“购物车”。“购物车”实际上就是结算台了，填写好商品数量，就可以下订单了。根据相关提示，填写好收货人、送货方式、地址、联系电话、发票内容等，选择支付的方式进行支付。关于支付方式，可以通过网上银行、银行汇款、转账、邮政汇款等多种方式支付，这要根据个人实际情况选择了。最后就是收货验货，没问题的话，你的网上购物就正式完成了。

链接——网上银行

又称网络银行、在线银行，是指银行利用 Internet 技术，通过 Internet 向客户提供开户、销户、查询、对账、行内转账、跨行转账、信贷、网上证券、投资理财等传统服务项目，使客户可以足不出户就能够安全便捷地管理活期和定期存款、支票、信用卡及个人投资等。

需要注意的是，在银行直接申请的银行卡并不具备网上银行功能，需要携带银行卡和有效身份证明到银行柜台申请开通才行哦！

网上购物需谨慎

网上购物省时又省力，足不出户逛遍天下商城，选择自己最满意的商品。可是，有一个问题不得不考虑——怎样才能做到安全购物，防止上当受骗。

首先，要看网站的资质，最好去规模大并且正规的网站，比如卓越、当当、京东商城等等，一些小网站上的东西最好要谨慎，别轻易相信广告。

其次，不要太相信便宜货，不切实际的价格可能会有问题。

第三，在购买前要先和卖家沟通，了解商品的具体详情，了解卖家发货周期，了解卖家的售后承诺，再决定（以后如果出现问题，相关的聊天记录就是证据）。

第四，付款时尽量使用支付宝、财付通等第三方支付工具支付，或者选择货到付款，避免出现卖家收款不发货和出现问题拒绝退款等问题。

◆漫画：网上购物陷阱多

第五，保存订单及销售条款，以便受骗后及时向工商机关举报。

第六，确保电脑里没有病毒和木马，否则你的银行账号有被窃取的风险。

链接——第三方支付

“第三方支付”是具备一定实力和信誉保障的独立机构，采用与各大银行签约的方式，提供与银行支付结算系统接口的交易支持平台的网络支付模式。当买方选购商品后，使用第三方平台提供的账户进行货款支付，并由第三方通知卖家货款到账、要求发货；买方收到货物，并检验商品进行确认后，就可以通知第三方付款给卖家，第三方再将款项转至卖家账户上。

像支付宝、财付通、快钱等都属于第三方支付工具。

动动鼠标当掌柜——开网店

随着网络的普及和多媒体技术的迅速发展，电子商务已经进入了一个黄金时期。CNNIC 在其发布的《中国互联网络热点调查报告》中显示：在我国有 17.9%的网民在半年内有过网络购物经历，在浏览过购物网站的网民中，有 29.6%的人在半年内有过网络购物经历，有过网络购物经历的被访者中有超过90%的人今后会继续进行网络购物；有63.7%没有购物经历的网民表示今后会尝试网络购物。这些数据表明我国网上购物市场有巨大的潜力，如果你想淘金，不要忽略了网上的电子钱包，那就网上开个小店吧！传统的开店需要选址、装修店面等花费很多钱，在网上开店相对来说就容易多了，很多网站都是免费开店呢！

开网店有两种，一种是自己找货源，自己处理售后及物流；另一种是加盟代理，货源、售后、物流全由公司解决。

首先要想好卖什么、到哪卖。

其次要填写准确信息。

第三，布置好门面。

第四，提供即时聊天工具。

链接——淘宝网

淘宝人气旺盛、店铺众多，逛淘宝的网友也特别多，关键的是，淘宝这个平台是提供免费的开店服务，这一点可以节省不少银子呢！在淘宝开店很简单，提供真实姓名和身份证或护照、军官证等能证实你身份的有效证件进行注册就可以了。

1. 你觉得哪些东西适合在网上买呢？
2. 你觉得开网店时卖什么东西更容易成功呢？
3. 如果你在网上买东西，还有哪些措施避免上当受骗呢？

网络语言知多少
——网络流行语

“昨天，JJ 带着她的青蛙 BF 来我家，他不断向我 PMP，一会儿说教我做烘焙鸡，一会儿说要给我介绍一个美眉做 GF。哼，就凭我这样的摔锅，什么样的 PLMM 找不到？用得着他替我找？真要 7456。”

这是一位学生网民的日记，你能看懂吗？

网络语言简介

网络语言是伴随着网络的发展而兴起的一种有别于传统平面媒介的语言形式，包括拼音或者英文字母的缩写，含有某种特定意义的数字以及形象生动的网络动画和图片，起初主要是网虫们为了提高网上聊天的效率或某种特定的需要而采取的方式，久而久之就形成特定语言了。

语言是随着时代发展而不断变化的，社会的变迁必然会催生一些新的词汇，形成一些新的语言习惯。而网络语言的出现是和网络发展密切相关的，当网络刚刚兴起时，高昂的上网费用以及慢得出奇的网速，迫使网民们千方百计提高输入效率，在最短的时间里发送最多的信息。因此，网络语言中便出现了大量经过改造的中英文词汇、缩略语和结合了先进声像技术的表情符号。

相对于传统语言，网络语言简洁方便，富有情感，而且幽默诙谐，形象生动，尤其是融合了声像多媒体技术的表情符号，更具有不可比拟的优越性，能把网民的喜怒哀乐表达得淋漓尽致，故而深受网民欢迎，不但在网络上大行其道，已逐渐渗入年轻网民日常生活用语之中。

流行网语的来源

语言的发展史证明，新词的诞生更多的是靠约定俗成，大家都共同认可，它就有生命力。而网络语言能使9000万网民对着冷冰冰的屏幕一会儿放声大笑，一会儿轻声叹息，能让被禁锢的思维自由穿越时空，能让漂泊的心灵找到归宿，自然有顽强的生命力。那么，真像批评者所说的“人心难测，网语难懂”吗？

其实不然，网络语言的产生绝大多数都是有规律可循的，其中最主要的就是谐音和缩写，下面以举例形式将流行网语按构成方式分类列出，以求抛砖引玉。

谐音类

汉语谐音：“版主”（论坛管理员）写做“斑竹”，就是因为“版主”是新词，字库里没有，就选择了程序生成的词汇“斑竹”。“大侠”（计算机网络高手）写做“大虾”，也是取其谐音，并有戏谑之意：因为这些高水平的电脑爱好者因长期沉迷于网络而弯腰驼背，形似大虾，故而得名，一语双关。

数字谐音：“886”代表拜拜了；“9494”代表就是就是；“7456”意思是气死我了。

缩写类

内容一：汉语拼音缩写类

GG 哥哥

DD 弟弟

JJ 姐姐

MM 妹妹（美眉）

XDJM 兄弟姐妹

PLMM 漂亮美眉

JS 奸商

BT 变态（扁他）

PMP 拍马屁

MPJ 马屁精

BC 白痴

BD 笨蛋

PF 佩服

内容二：英文缩写类

BBS：Bulletin Board System 电子公告牌系统

LOL：Laughing Out Loud 开怀大笑

BF：Boyfriend 男友

GF：Girlfriend 女友

PIC：picture 照片

ASAP：As Soon As Possible 尽快

SIS：sister 姐妹

BRO：brother 兄弟

其他类

网络是个筐，什么都可以往里装。如“偶”代表我、“呼呼”代表睡觉，“统一”或“扫楼”是刷屏的意思。另外，网络语言中还有相当一部分出于对感官刺激而制作出来的多媒体声像符号，表达感情很形象生动，妙趣横生，难以言传。

小博士

刚上网时，网民普遍使用拼音输入法，为加快输入速度节省高昂的上网费用，拼音联想词出现时会优先选择显示在前面的词汇。

铜子（同志）、稀饭（喜欢）、酱紫（这样子）、摔锅（帅哥）、粉（很）、银（人）、PS（批示或劈死），是不是也是汉语谐音呢？

猜一猜——555…代表什么意思呢？

英文谐音：E—mail 电子邮件写做伊妹儿；Homepage 个人主页写做“烘焙鸡”；Fans 歌（影）迷写做粉丝；Faint 晕倒写做“分特”；Modem（上网用）调制解调器写做“猫”等等。

常见网络流行语

对于网民来说，网络语言有着独特的魅力。新词的诞生更多的是靠约定俗成，大家共同认可，它就有生命力，《现代汉语词典》要收录的也就是这一部分新词。网络语言的发展将来也会有这样的一个趋势：即一部分像“大哥大”一样自生自灭；另外一部分将从网上走下来，成为人们的日常生活用语。

顶：一般论坛里的帖子一旦有人回复，就到主题列表的最上面去了。这个回复的动作叫做“顶”，与“顶”相对的是“沉”。

灌水：原指在论坛发表的没什么阅读价值的帖子，现在习惯上会把绝大多数发帖、回帖统称为“灌水”，不含贬义。

沙发：第一个回帖的人。一群人在看贴，突然很新的一个资源出来，第一个回帖的感叹了一句：so fast，之后所有的新资源都有人上去感叹 so fast。沙发就是 so fast 的谐音，然后就这么流传开了。

椅子：第二个回帖的人。

板凳：第三个回帖的人。

地板：连板凳都没得坐的人。

斑竹：版主，也可写做板猪。由于拼音输入造成的美妙谐音。副版主叫“板斧”。

菜鸟：原指电脑水平比较低的人，后来广泛运用于现实生活中，指在某领域不太拿手的人。与之相对的就是老鸟。

大虾：“大侠”的通假，指网龄比较长的资深网虫，或者某一方面（如电脑技术，或者文章水平）特别高超的人，一般人缘声誉较好才会得到如此称呼。

闪：离开。

潜水：天天在论坛里呆着，但是不发帖，只看帖子，而且注意论坛日常事务的人。

打铁：写帖子，一般指有点儿重量的帖子。

拍砖：对某人某帖发表与其他人不同看法和理解的帖子。

刷屏：打开一个论坛，所有的主题帖都是同一个ID发的。

扫楼：也叫刷墙，打开一个论坛，所有主题帖的最后一个回复都是同一个ID的。

楼主：发主题帖的人。

盖楼：回同一个主题帖，一般粉丝比较喜欢盖楼。

楼上的：比你先一步回复同一个主题帖的人，与之相对的是“楼下的”。

几楼的：除楼主外，所有回复帖子的人，依次可称为“2楼的”、“3楼的”……

路过：不想认真回帖，但又想拿回帖的分数或经验值。与之相对的字眼还有：顶、默、灌水、无语、飘过等。

踩一脚：也称踢一脚、留个爪子印等，都是跟帖之意。

匿鸟：隐身了。“匿”作“藏匿”讲；“了”是多音字，在句尾本该读“le”，有人喜欢误读“liǎo”，遂谐音为“鸟”。

火星帖：很久以前已经被无数人看过转过的旧帖，转火星帖的人被称为火星人。通常回帖会这样说：“楼主还是快回火星吧，地球是很危险滴。”

恐龙：长得不漂亮的女性网民，含贬义。与之相对的是“青蛙”，形容相貌“抱歉”的男性网民。

极客：也称奇客，Geek，指有较高超电脑能力的人。

闪客：使用Flash软件做动画的人，我们看到的很多电子贺卡和网站MTV都是闪客的杰作。

维客：喜欢使用WIKI这种超文本技术的网络爱好者。

黑客：又称骇客，指在电脑领域有特殊才能或技巧的人。这类人运用自己的才能或技巧，要么是专门检测系统漏洞，要么有可能做有违道德或法律的事。

驴友：泛指爱好旅游，经常一起结伴出游的人。

1. 除了上面介绍的网络常用语言，你经常用到的还有哪些？

2. 你觉得使用网络语言有什么好处？

3. 很多青少年网民把网络用语写到了作文里，让老师很费解，你觉得合适吗？

4. 有人说，网络语言需要规范，你认为呢？该怎么规范呢，你能想出什么好的办法吗？

咫尺也天涯

——网络知识一手抓

计算机网络是计算机技术与通信技术相互渗透、密切结合的产物，也是计算机应用中的一个空前活跃的领域。目前，网络技术已广泛应用于办公自动化、企业管理、金融与商业电子化、军事、科研与教育、信息服务、医疗卫生等领域。尤其是 Internet 技术的迅速发展，进一步推进了全球性信息高速公路建设的步伐。人们已经意识到，计算机网络正在改变着人们的学习、工作、生活以及思维方式，网络与通信技术已成为影响一个国家与地区的经济、科技与文化发展的重要因素之一。

那么，什么是计算机网络？它是如何产生的？它的发展经历了哪些阶段？它对今天的人类社会有哪些影响？什么又是 Internet？它给我们的生活带来了什么……在这一篇中，我们就会学习有关计算机网络的基础知识，让我们去看个究竟吧！

滚滚长江东逝水
——计算机网络的形成与发展

“滚滚长江东逝水，浪花淘尽英雄……”，你对这熟悉的旋律还有印象吗？它被央视版电视剧《三国演义》作为主题歌歌词，由著名歌唱家杨洪基老师演唱。可以说它仿佛把现实中的我们与历史上的三国人物紧紧地连在了一起。是啊，昔日“英雄”们的脚步早已随滚滚长江之水消逝，可他们留给我们人类的灿烂文明却生根发芽，繁衍不息，发展壮大。这其中就不乏今天人们称之为“通信技术”的领域，比如“飞鸽传书”、“鸿雁传书”等等通信方式。总之，从古到今，人们都在用自己的智慧来解决远距离快速通信的问题。而人与人之间的信息传递能力，尤其是远距离信息传递能力，也是衡量人类历史进步的尺度之一。古人曾使用过烽火台、金鼓，近代人则使用灯光，现代人已经使用电话、电报、传真、电视及无线通信等技术手段进行远距离信息交换和传递，使世界的范围变得越来越小，人与人之间的沟通更加方便、快捷。可以说，通信技术的发展引起了人类社会的变革，正在深刻地影响并不断地改变着人们的生产、生活方式。

◆覆盖全球的各种网络

◆各种通信方式及设备

在信息社会中，通信技术无疑是人们获取、传递和交换信息的重要手段，尤其是近三四十年来出现的以数字通信、卫星通信、光纤通信为代表的现代通信技术和计算机技术紧密结合的产物——计算机网络技术，更是深刻地影响并不断地改变着人们的思想观念以及生产生活方式。所以，了解计算机网络的形成与发展有助于我们更好地学习计算机网络技术。

想一想　议一议

1. 计算机网络在促进当今社会和经济发展中的重要作用主要表现在哪些方面？

2. 你从中感受到的变化是什么？

计算机网络是计算机技术与通信技术高度发展、紧密结合的产物，网络技术的进步正在对当前信息产业的发展产生重要而又深远的影响。有人说，计算机网络技术的每一次进步，都会给人类社会发展带来一次质的飞跃。今天，计算机网络被应用于政治、军事、商业、医疗、远程教育、科学技术等各个领域。近年来，计算机技术和通信技术都迅猛发展、相互渗透，计算机在通信中的应用也促使数据通信和卫星通信等新的通信技术和领域快速发展，并促进了通信由模拟向数字化的转变，并最终走向综合性服务的发展方向，与此同时，通信技术则为计算机之间信息的快速传递、资源共享和分布处理提供了强有力的手段。

计算机网络发展阶段的划分

计算机网络技术的发展速度与应用的广泛程度是惊人的。计算机网络从形成、发展到广泛应用经历了近40年的历史。概括起来看，计算机网络的形成与发展历史大致可以划分为四个阶段。

第一阶段，可以追溯到20世纪50年代。那时，人们开始尝试将彼此独立发展的计算机技术与通信技术相结合，开始了数据通信技术与计算机通信网络的探索和研究，并最终完成了两者的相互融合，这为计算机网络的产生做好了技术准备，并奠定了理论基础。简单说，这一阶段的主要研

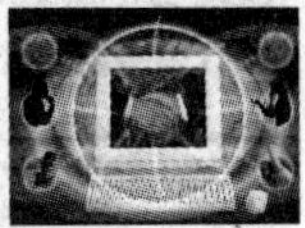

究内容和贡献是数据通信技术的研究与发展。

第二阶段，是从20世纪60年代开始，以美国的阿帕网（ARPANET）技术和分组交换技术的成功为标志。其中，阿帕网（ARPANET）技术被认为是计算机网络技术发展史上的一个里程碑，它的研究成果对促进网络技术的发展起到了至关重要的作用，并为进一步研发Internet奠定了良好的理论和实践基础。概括起来讲，这一阶段的主要研究内容和贡献是ARPANET与分组交换技术的研究与发展。

第三阶段，可以从20世纪70年代中期说起。70年代中期，广域网、局域网与公用分组交换网技术迅速发展，各大计算机厂商纷纷发展自己的计算机网络，随之而来的问题就是计算机网络体系结构和网络协议的标准化问题。国际标准化组织（ISO，International Standards Organization）在推动开放系统互连参考模型与网络协议的研究方面做了大量的工作，对计算机网络理论体系的形成与网络技术的发展方面起到了重要的推动作用，但它同时也面临来自TCP/IP的严峻挑战。不难看出，这一阶段的主要研究内容和成果是网络体系结构与协议标准化的研究；广域网、局域网与公用分组交换网的研究与应用。

第四阶段，要从20世纪90年代说起。这个阶段的典型技术是Internet与异步传输模式（ATM，Asynchronous Transfer Mode）。Internet作为世界性的信息网络，在当今经济、文化、科研、教育等方面发挥越来越重要的作用。以ATM技术为代表的高速网络技术的发展则为全球信息高速公路的建设提供了技术准备。而这一阶段的主要研究内容和成果具体涉及如下四个方面：Internet技术的广泛应用；网络计算技术的研究与发展；宽带城域网与接入网技术的研究与发展；网络与信息安全技术的研究与发展。

友情提醒

关于阿帕网（ARPANET）的产生背景及研究目的等在Internet简介章节有详细介绍！

链接——什么是分组交换技术?

分组交换也称数据包交换，它是将用户传送的数据划分成一定的长度，每个部分叫做一个分组。在每个分组的前面加上一个分组头，用以指明该分组发往何地址，然后由交换机根据每个分组的地址标志，将它们转发至目的地，这一过程称为分组交换。进行分组交换的通信网称为分组交换网。

第一个公共分组交换数据网（X.25）诞生于20世纪70年代，它是一个以数据通信为目的的公共数据网（Public Data Network，PDN）。

在PDN内各节点是由交换机（PSE）组成的，交换机间交换的数据单元称做分组（数据包），所以交换机具有存储转发分组的能力。

万花筒——国际标准化组织

国际标准化组织（International Organization for Standardization）简称ISO，是世界上最大的非政府性标准化专门机构，是国际标准化领域中一个十分重要的组织。ISO的任务是促进全球范围内的标准化及其有关活动，以利于国际间产品与服务的交流，以及在知识、科学、技术和经济活动中发展国际间的相互合作。

链接——什么是异步传输模式?

异步传输模式（Asynchronous Transfer Mode，缩略语为ATM），又叫信息元中继。这是一种采用具有固定长度的分组（信息元）的交换技术，之所以称其为异步，是因为来自某一用户的、含有信息的信息元的重复出现不是周期性的。ATM采用面向连接的交换方式，它以信元为单位，每个信元长53字节，其中报头占了5字节；是一种为支持宽带综合业务网而专门开发的新技术，它与现在的电路交换无任何衔接。当发送端想要和接收端通信时，它通过UNI发送一个要求建立连接的控制信号，接收端通过网络收到该控制信号并同意建立连接后，一个虚拟线路就会被建立。

计算机网络的形成

任何一种新技术的出现都必须具备两个条件：强烈的社会需求和前期技术的成熟。计算机网络技术的形成也不例外。在1946年，世界上第一台电子数字计算机ENIAC在美国问世，计算机技术与通信技术并没有直接的联系。直到20世纪50年代初，由于美国军方需要，美国半自动地面防空系统（SAGE）研究进行了计算机与通信技术相结合的尝试，将远程雷达与其他测量设施得到的信息通过长达2.41亿千米的通信线路与一台IBM计算机连接，进行了集中的防空信息处理与控制。在此之前，首先要完成数据通信技术的基础研究。在这项研究的基础上，可以将地理位置分散的多个终端通过通信线路连接到一台中心计算机上。用户可以在自己办公室的终端输入程序，通过通信线路传送到中心计算机，分时访问和使用其资源并进行信息处理，处理结果再通过通信线路返回用户终端显示或打印。人们把这种以单个计算机为中心的联机系统称为面向终端的远程联机系统，它是一种典型的计算机通信网络，是早期计算机网络的雏形。

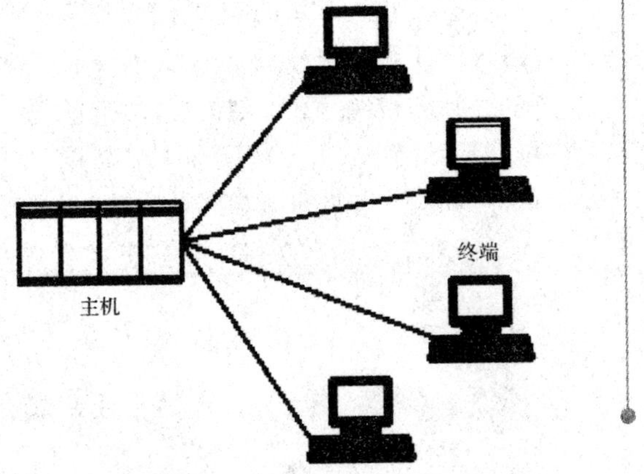

◆面向终端的远程联机系统

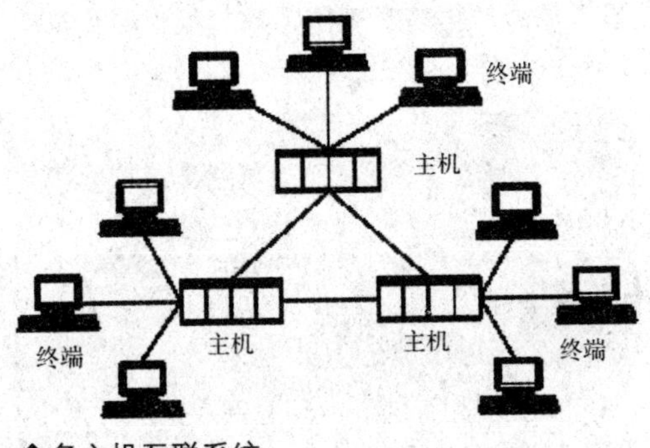

◆多主机互联系统

随着计算机应用的发展，出现了多台计算机互联的需求。这种需求主要来自军事、科研、企业与政府部门，他们希望将分布在不同地点的计算机通过通信线路互连成计算机网络。网络用户可以使用本地计算机的软件、硬件与数据资源，也可以使用联网的其他计算机的软件、硬件与数据资源，以达到计算机资源共享的目的。

这个阶段研究的典型代表是美国国防部高级研究计划局（ARPA，Advanced Research Projects Agency）的 ARPANET（通常称为 ARPA 网）。1969 年，ARPA 提出将多个大学、公司和研究所的计算机互连的课题。1969 年 ARPA 网只有 4 个节点，到 1973 年 ARPA 网发展到 40 个节点，1983 年已达到 100 多个节点。ARPA 网通过有线、无线与卫星通信线路，使网络覆盖从美国本土到夏威夷甚至欧洲的广阔地域。

链接——ARPA 网的主要贡献

完成了对计算机网络定义、分类与子课题研究内容的描述；提出了资源子网、通信子网的两级网络结构的概念；研究了报文分组交换的数据交换方法；采用了层次结构的网络体系结构模型与协议体系；促进了 TCP/IP 协议的发展；为 Internet 的形成与发展奠定了基础。

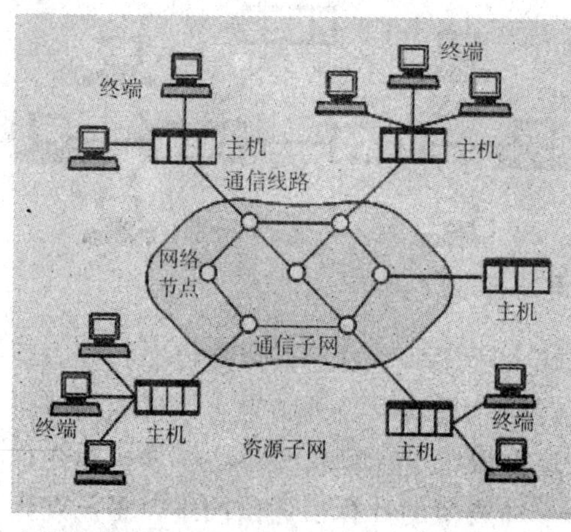

◆资源子网和通信子网

ARPA 网的研究成果对世界计算机网络发展的意义是深远的。在它的基础上，20 世纪七八十年代计算机网络发展迅速，这一阶段出现了大量的计算机网络，仅美国国防部就资助建立了多个计算机网络。同时，还出现了一些研究实验性的计算机网络。例如：美国加利福尼亚大学劳伦斯原子能研究所的 OCTOPUS、法国信息与自动化研究所的 CYCLADES、国际气象监测网 WWWN、欧洲情报网 EIN 等。

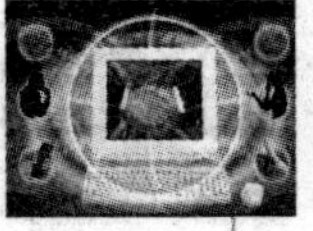

计算机网络可以按资源子网与通信子网来分别组建。在20世纪70年代中期，世界上开始出现由邮电部门或通信公司组建和管理的公用分组交换网，即公用数据网PDN。早期的公用数据网采用模拟通信的电话交换网，新型的公用数据网则采用数字传输技术与分组交换方式。典型的公用分组交换网有：美国的TELENET、加拿大的DATAPAC、法国的TRANSPAC、英国的PSS、日本的DDX等。公用分组交换网为计算机网络发展提供良好的外部通信条件，它可以为更多的用户提供数据通信服务。

随着计算机的广泛应用，局部地区计算机联网的需求日益强烈。在20世纪70年代中期，一些大学和研究所为实现多台计算机共同完成科学计算与资源共享的目的，开始了计算机局域网的研究。1972年，美国加州大学建立了Newhall环网；1976年，美国Xerox公司建立了总线拓扑的Ethernet网；1974年，英国剑桥大学建立了Cambridge Ring环网。这些研究成果对20世纪80年代的局域网技术的发展起到了重要作用。

链接——通信子网与资源子网

资源子网主要负责全网的数据处理业务，向网络用户提供各种网络资源和网络服务。资源子网的主体为网络资源设备，包括：用户计算机（也称工作站）、网络存储系统、网络打印机、独立运行的网络数据设备、网络终端、服务器、网络上运行的各种软件资源、数据资源等。

通信子网是指网络中实现网络通信功能的设备及其软件的集合。通信设备、网络通信协议、通信控制软件等属于通信子网，是网络的内层，负责信息的传输。主要为用户提供数据的传输、转接、加工、变换等。通信子网的任务是在端节点之间传送报文，主要由转接点和通信链路组成。通信子网主要包括中继器、集线器、网桥、路由器、网关等硬件设备。

想一想　议一议

1. 计算机网络产生的时代背景是什么?
2. 计算机网络的形成与发展有何特点或规律可寻?
3. 你认为计算机网络的形成受到哪些因素的影响?

七十二般武艺
——网络的主要应用领域

想象一下，如果今天你离开了计算机网络，然后能做些什么呢？你的计算、写作、阅读……甚至你的生活方式会有哪些改变呢？事实上，随着计算机网络技术的发展，计算机网络在资源共享和信息交换方面所具有的强大功能越来越表现出其他系统无法替代的优越性。计算机网络所具有的高可靠性、高性价比和易扩充性等优点，使得它在工业、农业、交通运输、邮电通信、文化教育、商业、国防以及科学研究等各个领域、各个行业获得了越来越广泛的应用。这里我们介绍一些带有普遍意义的应用领域。

◆计算机网络被广泛应用于个人和单位的信息服务领域

办公自动化

办公自动化系统 OA（Office Automation），按计算机系统结构来看是一个计算机网络，每个办公室相当于一个工作站。它集计算机技术、数据库、局域网、远距离通信技术以及人工智能、声音、图像、文字处理技术等综合应用技术于一身，是一种全新的信息处理方

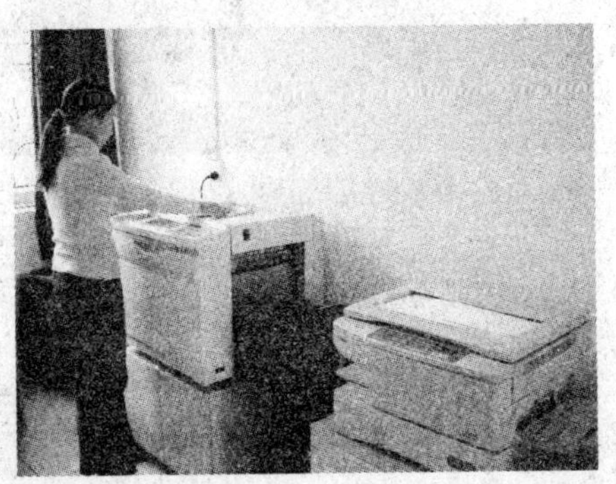

◆办公自动化

式。办公自动化系统的核心是通信，其所提供的通信手段主要为数据/声音综合服务、可视会议服务和电子邮件服务。

电子数据交换

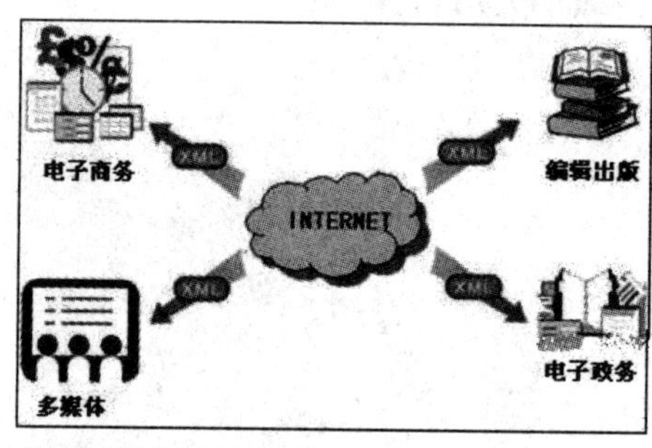

◆电子数据交换系统

电子数据交换EDI（Electronic Data Interchange）电子数据交换，是将贸易、运输、保险、银行、海关等行业信息用一种国际公认的标准格式，通过计算机网络通信，实现各企业之间的数据交换，并完成以贸易为中心的业务全过程。EDI在发达国家应用已很广泛，我国的“金关”工程就是以EDI作为通信平台的。

远程交换

◆远程交换系统实现分布式办公

远程交换（Telecommuting）是一种在线服务（Online Serving）系统。就是一个公司内本部与子公司办公室之间也可通过远程交换系统，实现分布式办公系统。远程交换的作用也不仅仅是工作场地的转移，它大大加强了企业的活力与快速反应能力。有人甚至认为，远程交换技术的发展，对世界的整个经济运作模式和规则都会产生巨大的影响。

远程教育

远程教育（Distance Education）是一种利用在线服务系统，开展学

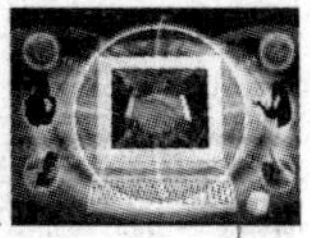

历或非学历教育的全新的教学模式。远程教育几乎可以提供各个层次课程的学习服务，学员们通过远程教育，同样可得到正规大学从学士到博士的所有学位。这种教育方式，对于已从事工作而仍想完成高学位的人士特别有吸引力。同时，也是传统教学模式的有力竞争者。

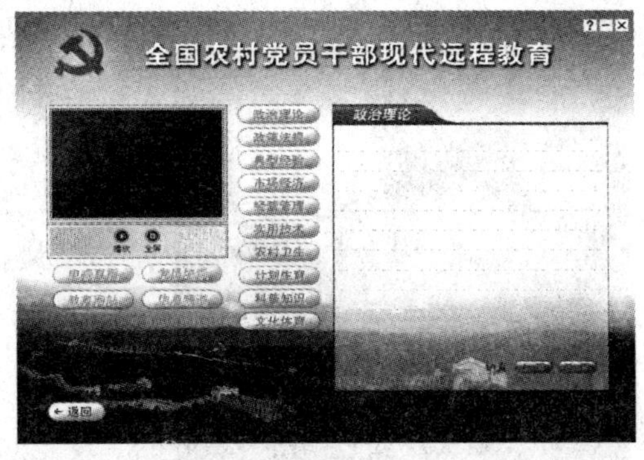

◆现代远程教育工程应用于农村

电子银行

电子银行也是一种在线服务系统，是一种由银行提供的基于计算机和计算机网络的新型金融服务系统。电子银行的功能包括：金融交易卡服务、自动存取款服务、自动转帐服务、电子汇款与清算服务等，其核心为金融交易卡服务。金融交易卡的诞生，标志着人类交换方式从物物交换、货币交换到信息交换的又一次飞跃。

◆交通银行提供的电子银行服务

电子公告板系统 BBS（Bulletin Board System）是一种发布并交换信息的在线服务系统。BBS 可以使更多的用户通过网络以简单的终端形式实现互联，从而得到廉价丰富的信息，并为其会员提供网上交谈、发布消息、讨论问题、传送文件、学习交流和游戏等的机会和空间。

证券及期货交易

证券及期货交易由于获利巨大、风险巨大且行情变化迅速，投资者对

◆正在观看股指走势的交易员

信息的依赖就显得格外重要。金融业通过计算机网络提供在线证券市场分析、预测、金融管理、投资计划等大量服务，提供在线股票经纪人服务和在线数据库服务（包括最新股价数据库、历史股价数据库、股指数据库以及有关新闻、文章、股评等）。

广播分组交换

广播分组交换实际上是由一种无线广播与在线系统结合的特殊服务，该系统使用户在任何地点都可使用在线服务系统。广播分组交换可提供电子邮件、新闻、文件等传送服务，无线广播与在线系统通过调制解调器，再通过相关服务提供商（如电信局）就可以结合在一起。显然，移动式电话也属于广播系统。

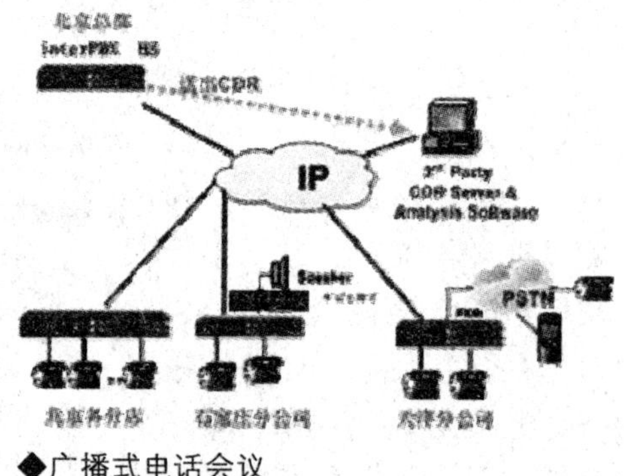

◆广播式电话会议

智能大厦和结构化综合布线系统

智能大厦是集计算机技术、通信技术、人类工程学、楼宇控制、楼宇设施管理为一体，使大楼具有高度的适应性，以适应各种不同环境与不同客户需要的一种高新技术形式。概括起来，可以认为智能大厦除有传统大厦功能之外，主要必须具备下列基本构成要素：高舒适度的工程环境、高效率的管理信息系统和办公自动化系统、先进的计算机网络和远距离通信网络及楼宇自动化。

校园网

校园网是指在校园内用以完成大中型计算机资源及其他网内资源共享的通信网络。在世界各国，校园网的发展和建设水平已经成为衡量一所学校学术水平与管理水平的重要标志，也是提高学校教学、科研水平不可或缺的重要支撑环节。人们通过校园网更有效地共享各种软、硬件及数据信息资源，校园网可以提供异型机联网的公共计算环境、海量的用户文件存储空间、昂贵的打印输出设备、能方便获取图文并茂的电子图书信息，以及为各级行政人员服务的行政信息管理系统和为一般用户服务的电子邮件系统等。

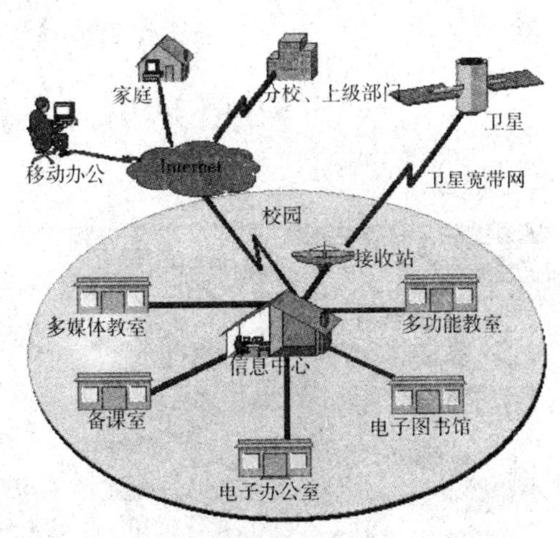

◆校园网的广泛应用

想一想 议一议

计算机网络的具体应用领域还有哪些?

我们的是非题
——网络应用带来的社会问题

◆计算机病毒、网络犯罪、网络剽窃等社会问题

有了网络之后，我们的生活、学习、工作等都发生了很大的变化，我们可以在网上很方便地查询自己的信用卡透支了多少钱，自己的手机话费还剩多少，可以查找自己想看想读的书，可以和任何一个网友讨论任何问题……Internet 技术的发展更是促进了电子商务技术的成熟，大量的商业信息与资金通过计算机网络在世界各地流通，这已对世界经济发展产生了非常重要的影响。政府上网工程的实施使各级政府、部门之间能够利用网络进行信息交互。远程教育使得数以千万计的学生可以在不同的地方，通过网络进行课堂学习、查询资料、请教问题与提交作业。毋庸置疑，网络使我们的生活发生了翻天覆地的变化，改变了我们的生活、工作、学习、思维方式。同时随着信息化社会的发展，从政府机关、公司企业到个人都对计算机网络的依赖越来越明显，这一方面的确对社会经济、文化、教育、科学等的发展有着重要影响，同时也不可避免地带来了一些新的社会、道德、政治与法律问题。这里我们就几个典型的社会和生活问题做一简单介绍。

网络与金融

随着计算机网络的应用与信息化社会的深入发展，很多政府部门、企业甚至个人都越来越依赖计算机网络。其中最典型的代表就要算银行，一些发达国家的银行正在经历甚至已经完成了结构与职能的转变，正在向金融服务的综合化、网络化方向发展。一些世界著名的大银行的服务网络可能遍布全世界，向客户提供的金融服务种类已达数百种，直接面向客户的网络银行已投入使用。发达国家的居民已不习惯随身携带大量现金购物，信用卡与支票已成为最普遍的货币流通方式。大量商业信息与大笔资金在网上的传输面临着严峻的安全挑战。

◆利用计算机犯罪

网络犯罪

计算机犯罪正在引起社会的普遍关注，而计算机网络是犯罪分子攻击的重点。计算机犯罪是一种高技术性犯罪，由于其犯罪的隐蔽性而对网络安全构成巨大威胁。根据有关资料统计，计算机犯罪案件正以每年超过100%的速率增长，Internet上的攻击事件以每年近10倍的速度增长。

◆网络中的虚拟交易

◆利用计算机网络的金融犯罪

◆计算机网络犯罪

计算机病毒

◆"熊猫烧香"病毒

从1986年发现首例计算机病毒以来，20多年间计算机病毒数量以几何级数增长，目前已经发现的计算机病毒超过数十万种，它们给计算机网络带来很大的安全威胁。同时，国防与金融网络成为计算机犯罪的主要领域。

网络与道德

◆各种计算机病毒

Internet可以为企业员工、科研人员与学生等提供宝贵的信息，使得人们可以不受地理位置与时间的限制，相互交换信息、合作研究、学习新知识等。同时，人们对Internet上一些不健康的、违背道德规范的信息表示极大的担忧。例如：有些Internet用户利用网络发表不负责任或损坏他人利益的消息，剽窃商业、科研机密或危及个人隐私等等。人类社会是靠道德与法律来维系的。计算机网络与Internet的安全也需要保证，必须加强网络的使用方法、网络安全与道德教育，研究与开发各种网络安全技术与产品，同样也要重视网络社会中的道德与法律，这对于人类来说是一个新的研究课题。

◆各种不健康、不道德的网络活动

总之，技术就是一把双刃剑，计算机网络技术也不例外。计算机网络给人们社

会生活各个方面带来便利的同时，也带来了不少新的问题。那么，如何正确地利用好网络，使用它有利的一面，避免网络带来的各种问题是每个人都应该深入思考的问题。

想一想 议一议

1. 随着计算机网络技术的深入发展，它还会给我们的生活带来哪些负面影响呢？

2. 我们应当如何正确地利用网络？

芝麻开门
——网络的定义

◆蜘蛛网

◆无处不在的网络

日常生活中，一提起“网”这个字来，你会想到什么呢？也许你会说我想起了“蜘蛛网”、“渔网”、“球网”、“铁丝网”……之类的“网”来。然而我们这里要说的却是“计算机网”，用专业术语来说，就叫“计算机网络”。

我们今天生活的时代，有人叫它信息时代，也有人叫它数字时代，还有人叫它网络时代等，但无论什么称呼都是对我们生活的时代的形象概括。的确，今天我们每个人都生活在信息构筑的网络里，我们利用手机轻松地进行通话等信息交流活动，我们更是利用计算机网络聊天、学习、娱乐、获取和处理自己想要的信息等。总之，计算机网络使人与人之间的距离近了，使每个人的交际圈扩大了，让世界变得小了，而让个人的世界变得大了。那么，究竟什么是计算机网络呢？

计算机网络的定义

计算机网络简单地说就是将地理位置不同，并且具备独立功能的多台

计算机及其附属设备，用通信设备以一定的方式连接起来，从而达到相互共享资源（硬件、软件、数据等）目的的系统。换句话说，计算机网络是由两台或两台以上的计算机通过网络设备连接起来组成的一个系统。在这个系统中，计算机与计算机之间可以进行数据通讯、数据共享、协同完成某些数据处理工作。也有人说：计算机网络是计算机技术和通信技术两者相互渗透和密切结合的产物。

计算机网络的主要功能

一般说来，计算机网络的主要功能包含资源共享、信息交换和协同处理三个方面。那么在计算机网络里，我们能共享哪些资源呢？实际上，依靠功能比较完善的计算机网络系统，我们能实现网络里各种资源的共享。这里的资源是指构成整个网络系统的所有要素，包括硬件、软件和数据等。

◆资源共享

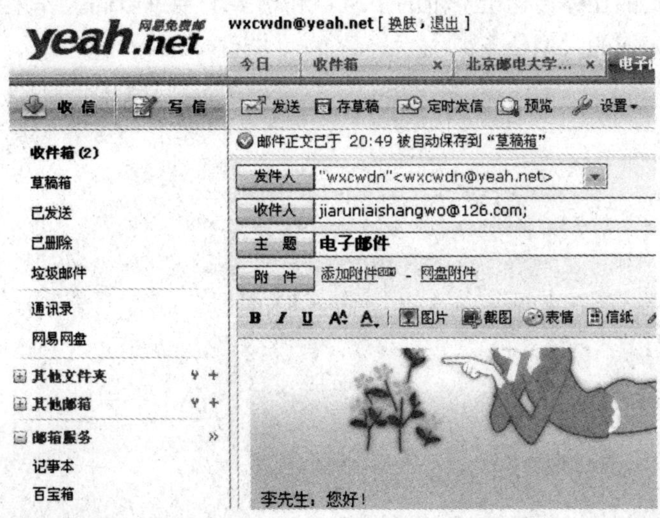

◆通过电子邮件交换信息

资源共享功能

资源共享也就是共享网络中所有硬件资源、软件资源和数据资源。在全网范围内提供对硬件资源的共享，尤其是对一些昂贵的设备，如大型计算机、高分辨率打印机、大容量高速外存设备等实行资源共享，可节省投资和便于集中管理。而对软件和数据资源的共享，则可允许网上用户远程访问各种类型的数据库和资源站点，并实现网络文件传送等相关服务，避免了在软件资源方面的重复投资和建设。

信息交换功能

利用计算机网络提供的信息交换功能，允许网上用户可以在网上传送电子邮件、发表留言、发表评论、发布新闻消息、上传下载数据、进行远程电子购物、电子金融贸易、远程教育等。

协同处理功能

协同处理是指计算机网络在网上各主机间均衡负荷，把在某时刻负荷较重的主机的任务传送给空闲的主机，利用多个主机协同工作来完成单一主机难以完成的大型任务。

包罗万象
——网络的分类

计算机网络的分类

计算机网络的分类方法有许多种，有按网络拓扑结构分类的，有按网络规模大小和覆盖范围分类的，还有按服务对象及传输技术等分类的。这些不同的分类方法只是因为划分的依据和标准不同，对于计算机网络本身并无实质性的意义，是人们讨论、考虑问题的角度和所站的立场不同而已。不过正是因为网络划分方法的多样，在学习和生活中我们会碰见很多类似关于网络分类的名词或者术语，比如局域网、校园网、以太网及总线网等等。因此，认真掌握计算机网络的分类对于我们更好地学习计算机网络是很有意义的。

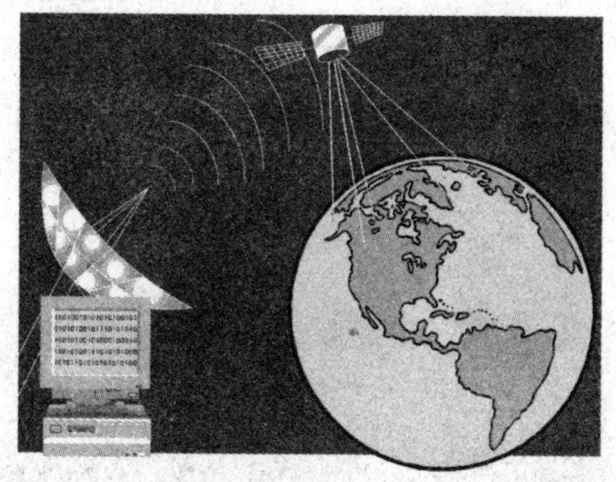

◆覆盖全球的计算机网络

按计算机网络拓扑结构分类

按计算机网络拓扑结构分类，计算机网络主要分为总线型、星型、环型等几种。那么，首先我们就要了解什么是计算机网络拓扑结构。

拓扑结构是指网络中通信线路和节点之间的几何排列形式，或者说是网线与节点之间排列所形成的基本图形。网络拓扑结构就是抛开网络通信线路的物理连接来表述网络系统的连接形式，是指网络通信线路构成的几

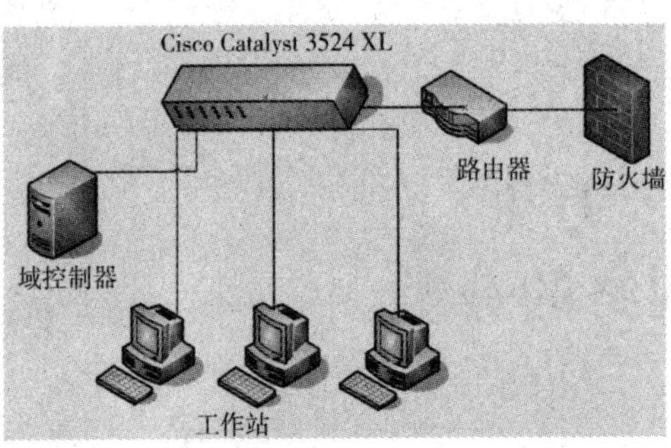

◆简单的网络拓扑结构

何形状，它能表示网络中服务器、工作站以及网络设备的网络配置和互相之间的连接。因此，在整个网络系统方案设计中，网络拓扑结构就理所当然地成了关键问题之一。

你知道吗？

你知道这里的节点是什么含义吗？

小知识——节点的概念

节点是一个很抽象和应用很广泛的概念，通俗地说就是某个大环境中的一个点或者一段，好比公交车线路中的一个站台。

每一个工作站、网络传真机、网络打印机、档案服务器、或任何其他拥有自己唯一网络地址的设备都是节点。即在网络中，任何计算机或其他设备。

友情提醒

关于网络拓扑结构的具体知识我们后面会讲到。

按计算机网络传输技术分类

在通信技术中，通信信道的类型主要有两类：即广播式通信信道与点

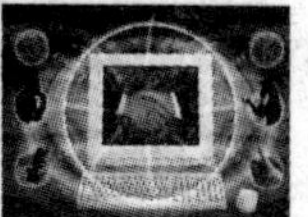

到点式通信信道。广播式通信信道，顾名思义指的是在通信信道中，一个节点广播信息，其他节点都能够接收这个广播信息，从组织形式上看实际是多个节点共享一个物理通信信道。而在点到点式通信信道中，一条通信信道只连接一对节点，如果两个节点之间没有直接连接的线路，那么他们只能通过中间节点转接。前面已经说到，计算机网络必须通过通信信道完成信息传输任务，因此网络所采用的传输技术也只可能有两类，即广播(Broadcast)方式和点到点(Point－to－Point)方式。这样，相应的计算机网络也可以分为两类。

点到点式网络

点到点式网络就是由一对对计算机及其他节点设备构成的多条连接结构。因此，点到点网络中每两台计算机、两台节点交换机之间或计算机与节点交换机之间都存在一条物理通信信道，并且由某节点设备所发出的数据只能沿某信道确定无疑地由另一端的唯一一台计算机或中间设备所接收。如果网络中的两台计算机没有直接的连接线路，那么它们之间的数据传输任务就要经由中间的其他节点设备接收、存储、转发直至终端。显然，为了能从源地到达目的地，这种网络连接结构往往会经由多个节点，同时也往往存在多条路由。因此，点到点网络通常会采用分组存储转发的方式进行数据传输，而决定分组从通信子网的源节点到达目

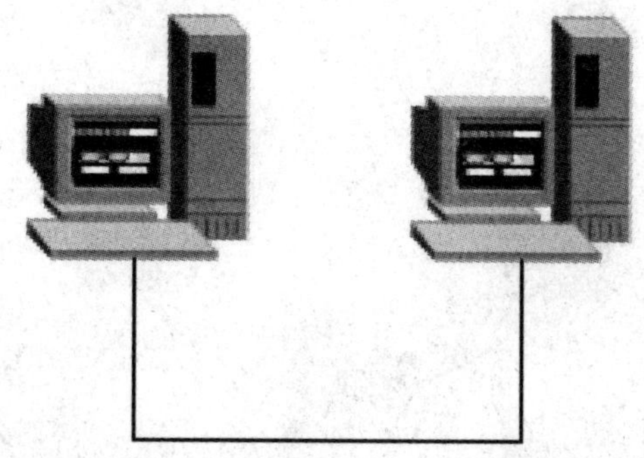

◆一对一式点到点网络

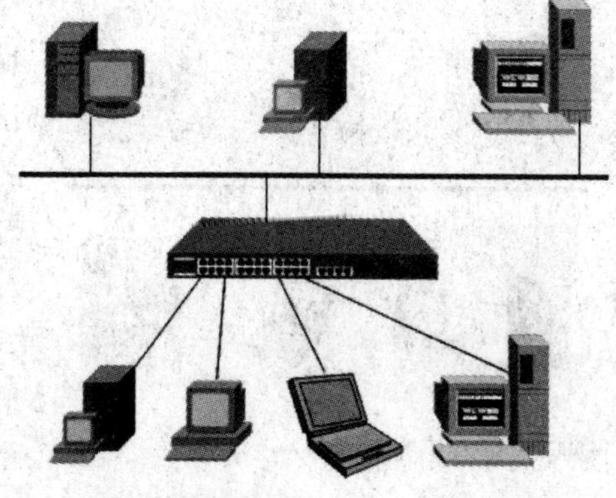

◆一对多式点到点网络

的节点的路由需要有路由选择算法，所以在点到点网络中路由算法就显得十分重要了。简单地说，点对点网络就是通过中间设备直接将数据发送到需要接收的计算机，其他计算机收不到这个信息。

计算机网络中提到的分组指什么呢？

广播式网络

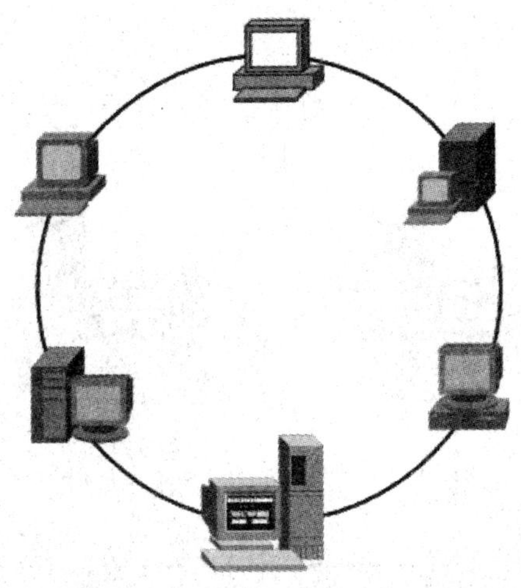
◆环形广播式网络

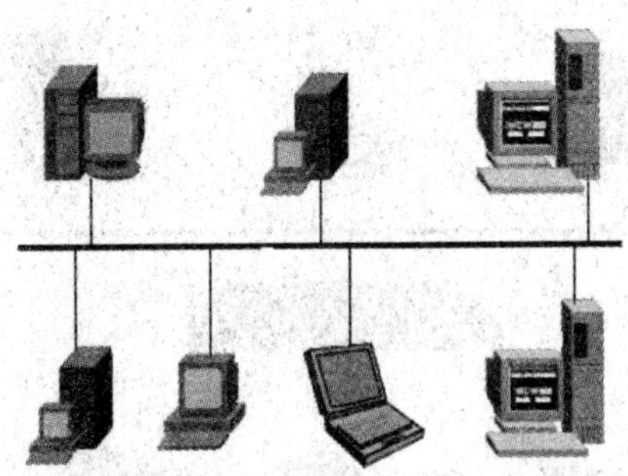
◆总线型式广播网络

广播式网络是指网络中所有互连的计算机都共享一个单一的通信信道，网络中的计算机分别位于共享通道的不同分支点上。广播式网络进行数据任务传输的基本原理是：当一台计算机利用共享通信信道发送报文分组时，所有其他不同分支点上的计算机都将会接收并处理这个分组。但是，由于发送的分组中带有地址域，指明了分组的目标地址，网络中所有接收到该分组的计算机将检查目的地址是否与本节点的地址相同，如果被接收报文分组的目标地址与本节点地址相同，则接收该分组，否则将忽略该分组。

下面我们就来看看这两个问题吧。

从前面关于点对点式网络和广播式网络的定义及工作原理介绍中，我们不难看出两者采用的传输技术有所不同，这种不同也造成了两种网络类型不同的技术特点。从通信信道的角度看，点对点式网络中的每两台计算机或节点设备都有自己唯一的通信信道，所以不存在信道竞争，也就相应地不存在介质访问控制问题。但是它的缺点也很明显，就是会浪费一些带

宽。所以，点到点式网络通常会采用分组存储转发方式，这也是点到点式网络与广播式网络的重要区别之一。而广播式网络中的所有计算机都是分布在公共通信信道的分支上，由于信道共享可能引起信道访问错误，因为在长距离信道上一旦发生信道访问冲突，控制起来相当困难，因此信道访问控制是广播式网络要解决的关键问题。

小知识

分组的概念

网络专有名词，大多数计算机网络都不能连续地传送任意长的数据，所以实际上网络系统把数据分割成“小块”，然后逐块地发送，这种“小块”就称作分组（packet）。

也有些书中把分组定义为网络层的协议数据单元。

想一想　议一议

1. 点对点式网络和广播式网络有什么区别？各自有何优缺点？
2. 两种网络类型分别要解决的核心问题是什么？

按计算机网络规模大小和覆盖范围分类

按计算机网络规模大小和覆盖范围分，计算机网络可以分为局域网、城域网和广域网。

按照计算机网络规模大小和所覆盖的地理范围进行分类，可以较好地反映不同类型网络的技术特征。因为网络规模和覆盖的地理范围的不同，采用的传输技术也有所不同，因此形成了不同的网络技术特点和网络服务功能。一般来说，可以把计算机网络分为以下几类：

计算机网络的分类

网络分类	分布距离	跨越地理范围	带宽
局域网（LAN）	10m	房间	10Mbps－xGbps
	200m	建筑物	
	100km	校园	
城域网（MAN）	100km	城市	64kbps－xGbps
广域网（WAN）	1000km	国家、洲或洲际	64kbps－325Mbps

在上表中，大致给出了各类型网络的基本传输速率范围。可以看出，距离越长，传输速率越低。局域网距离相对城域网和广域网来说距离最短，所以其传输速率最高。传输速率是计算机网络的重要指标之一，同时它也极大地影响着计算机网络硬件技术的各个方面。比如一般情况下，广域网常常会采用点对点的通信技术，而局域网则采用广播式通信技术。在传输距离、传输速率和计算机网络具体技术细节的相互关系中，传输距离影响传输速率，而传输速率则影响计算机网络的具体技术细节。虽然网络类型的划分标准各种各样，但是依据计算机网络规模大小和覆盖范围划分是一种大家比较认可的通用网络划分标准。按这种标准可以把各种网络类型划分为局域网、城域网和广域网三种，下面我们分别作进一步介绍。

友情提醒

网络划分并没有严格意义上地理范围的区分，只是定性的研究需要。

想一想　议一议

1. 从表“计算机网络的分类”中你发现了什么规律呢？
2. 不同类型的网络有什么特点呢？

局域网（Local Area Network，LAN）

随着计算机网络技术的发展和提高，局域网得到了比较充分的应用和普及，已经成为人们最常见、应用最广泛的一种网络。现在几乎每个单位都有自己的局域网，有的家庭中甚至都有自己的小型局域网。显然，所谓局域网，就是指分布在局部地区范围内的计算机网络。局域网在计算机数量配置上没有太多的限制，少的可以只有两台，多则可达几百台。在空间上局域网通常分布在一个房间、一个楼层、整栋楼或者楼群之间等等，地理距离可以是几米至几千米，最大距离一般不超过10千米。实际上，局域网是在小型计算机和微型计算机大量推广使用之后才逐渐发展起来的。它容易配置、方便管理、容易构成简洁整齐的网络拓扑结构，再加上成本低、应用广、组网方便及使用灵活等特点，深受广大用户欢迎，是目前计算机网络技术发展中最活跃的一个分支。因为局域网一般位于一个建筑物或一个单位内，不存在寻径问题，所以局域网的网络体系结构中通常只包含物理层和数据链路层，而不包括网络层。

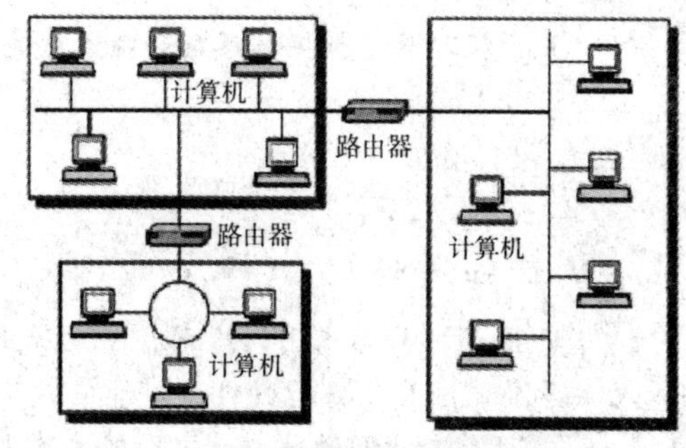

◆简单的小型局域网

局域网主要用来构建一个单位的内部网络体系，例如办公室网络、办公大楼内的局域网、学校的校园网、公司的企业网、科研机构及社区等的局域网。局域网通常属于单位所有，单位拥有自主管理权，以共享网络资源和协同式网络应用为主要目的。

小知识

局域网的主要特点

☆ 覆盖范围小、组建方便	☆ 方便管理
☆ 传输速率高	☆ 网络组建成本低
☆ 数据传输错误率低	☆ 使用灵活、容易配置

友情提醒

关于物理层、数据链路层和网络层等知识会在网络体系结构单元介绍。

你知道吗？

1. 局域网按照采用的技术、应用范围和协议标准的不同，通常可以分为共享局域网和交换局域网。

2. 目前局域网的最快速率已经达到 10Gbps 啦！

城域网（Metropolitan Area Network，MAN）

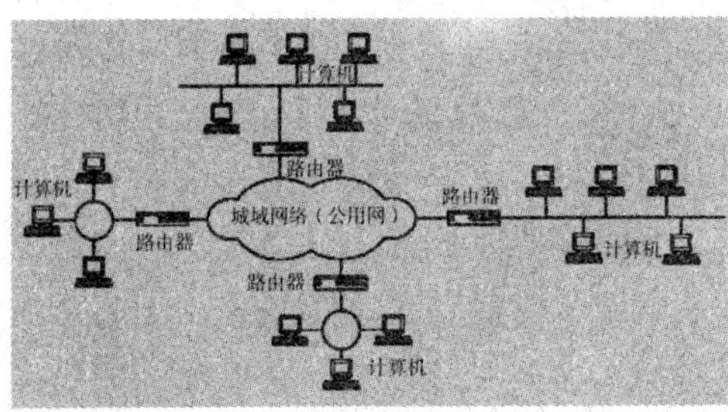

◆城域网

随着局域网技术的深入发展，它的使用和普及给人们的生活带来了许多变化，同时为了更好地满足人们的需要，如何逐渐要求扩大局域网的范围、将已经使用的局域网互相连接起来，使其成为一个规模更大的城市范围内的网络，成了一个现实的问题。因此，城域网自设计之初，其设计目标就是要满足几十千米范围内的大量企事业单位等社会各部门的计算机互连的需求，实现大量用户、多种信息传输的综合信息网络。

城域网，顾名思义就是以一座城市的大小为标准划分出网络的规模及覆盖范围，可以认为城域网是介于广域网与局域网之间的一种大范围的高速综合信息网络，它的覆盖范围通常为几千米至几十千米。城域网相对局域网来讲，地理距离更远了，连接的计算机数量也更多了。

广域网（Wide Area Network，WAN）

广域网又叫远程网，它的覆盖范围比城域网更广，可以是几个城市、

甚至一个或者多个国家乃至全球范围的互连网络。广域网一般是对不同城市之间的LAN或者MAN互联，地理范围可从几百千米到几千或几万千米。由于广域网分布距离比较远，连接用户多，信息衰减相应也就比较严重，其传输速率要比局域网低得多，所以这种网络一般都要租用专线，通过IMP（接口信息处理）协议和通信线路连接起来，构成网状结构，解决寻径问题。

◆多个局域网或城域网组成广域网

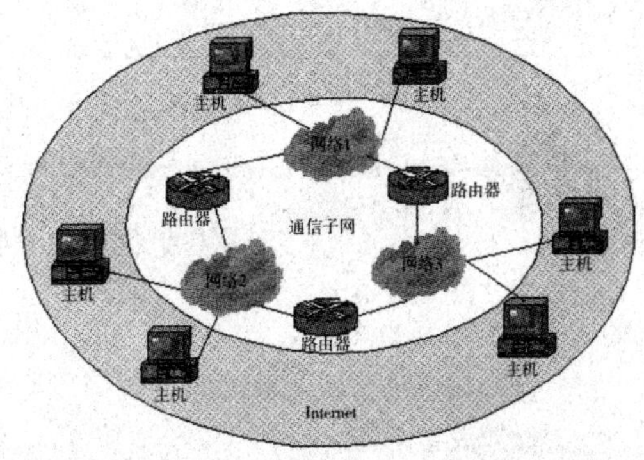

◆互联网

还有一个大家非常熟悉的网络就叫“互联网”，那么它属于哪个类型的网络呢？实际上，互联网就是广域网的一种。在互联网技术及其应用领域日新月异的今天，它已经和我们的生活密不可分了，并不断地影响和改变着我们的生活方式。无论从地理范围，还是从网络规模来讲它都是最大的一种网络，我们常常叫它“Web”、“WWW”和“万维网”等多种名字。但实际上互联网并不是一种具体的物理网络技术，它是将不同的物理网络技术按某种协议统一起来的一种高层技术。是广域网、局域网、城域网之间的互连，形成局部处理与远程处理、有限地域范围资源共享与广大地域范围资源共享相结合的计算机网络。

目前，世界上发展最快、最热门的互联网就是因特网，它是世界上最大的互联网。国内这方面的代表主要有：中国公用计算机互联网（CHINANET）、中国教育与科研网（CERNET）、中国科技网（CSTNET）和金桥网（GBNET）等。

小知识

城域网与局域网比起来它的主要特点是什么呢?

☆ 覆盖范围较大
☆ 传输速率适中（一般比局域网慢）
☆ 数据传输错误率适中
☆ 成本较高

小知识

广域网的主要特点

☆ 覆盖范围大
☆ 传输速率较低
☆ 数据传输错误率较高
☆ 成本很高
☆ 系统的稳定性较弱

想一想　议一议

互联网会对我们的未来生活产生怎样的影响?

按计算机网络的工作模式分类

计算机在网络中扮演角色的不同对应不同的计算机网络工作模式，按计算机网络的工作模式可以把计算机网络分为对等网和基于客户端/服务器模式的网络两大类。

对等网

对等网通常被称为工作组或同级网络，顾名思义就是在整个网络中所有的计算机地位都是对等的，没有隶属关系，也不存在专用的服

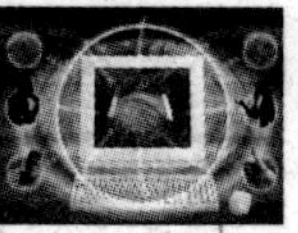

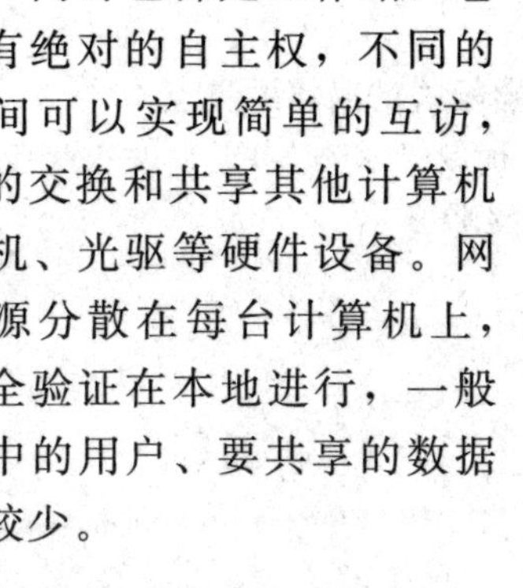

务器，每一台接入网络的计算机既是服务器，同时也都是工作站，它们各自拥有绝对的自主权，不同的计算机之间可以实现简单的互访，进行文件的交换和共享其他计算机上的打印机、光驱等硬件设备。网络中的资源分散在每台计算机上，网络的安全验证在本地进行，一般对等网络中的用户、要共享的数据等资源比较少。

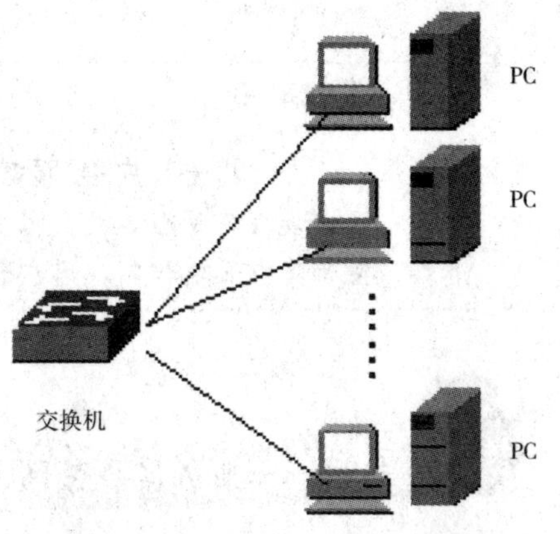

◆典型的对等网络

基于客户端/服务器模式的网络

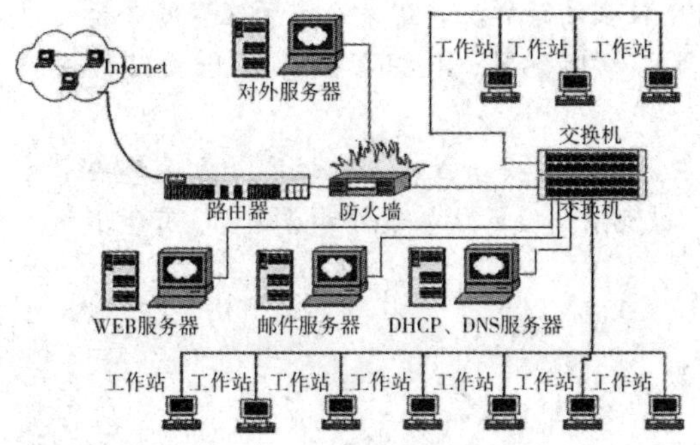

◆基于客户端/服务器模式的网络

为了使网络通信更安全、更稳定、更方便，我们引入基于服务器的网络（Client/Server，简称 C/S）工作模式。在基于服务器（较大的计算机）的网络中必须有一台甚至几台服务器，服务器提供了整个网络的安全保护和资源共享的管理功能，而将其他的应用处理工作分散到网络中其他计算机上去，构成分布式的处理系统。客户机发出服务请求，服务器对用户的请求予以响应。

小知识　　对等网的特点

☆ 灵活的共享方式
☆ 组网方便、简单
☆ 安全性能较差
☆ 不便管理
☆ 用户数量较少

小知识

基于客户端/服务器模式的网络的特点

☆ 采用数据库管理方式，客户机访问方便、快速，安全性能较高；

☆ 便于集中管理控制，用户数量较多。

链接——服务器与客户端

在计算机的世界里，凡是提供服务的一方我们称为服务器（Server），而接收服务的另一方我们称作客户端（Client）。

服务器实际上是一台处理能力比较强的计算机，用来运行管理资源并为用户提供服务的计算机软件，通常分为文件服务器、数据库服务器和应用程序服务器。

相对于普通PC来说，服务器在稳定性、安全性、工作性能等方面都要求更高，因此其CPU、芯片组、内存、磁盘系统、网络等硬件和普通PC有所不同。

你缠我绕，网络盘丝洞——网络拓扑结构

网络拓扑结构

如前所述，网络拓扑结构是指用传输介质互连各种设备形成的物理布局。拓扑图给出了网络服务器、工作站的网络配置和相互间的连接，它的结构主要有总线结构、星型结构、树型结构、环型结构、网状型结构、混合型结构等。下面我们分别做简单介绍。

总线型拓扑结构

总线型拓扑结构是采用同一条单根线缆作为传输介质，把所有的端点用户都通过相应的硬件接口直接连接到传输介质上的一种方式，这条线缆就称总线。可以看出，用来连接端点用户的传输介质由所有节点共享，各工作站地位平等，无中心节点控制，通过任何一个节点发出的信息都可以在公用总线上以基带形式串行传递，其传递方向总是从发送信息的节点开始向两端扩散，并且能被总线中任何一个节点所接收。

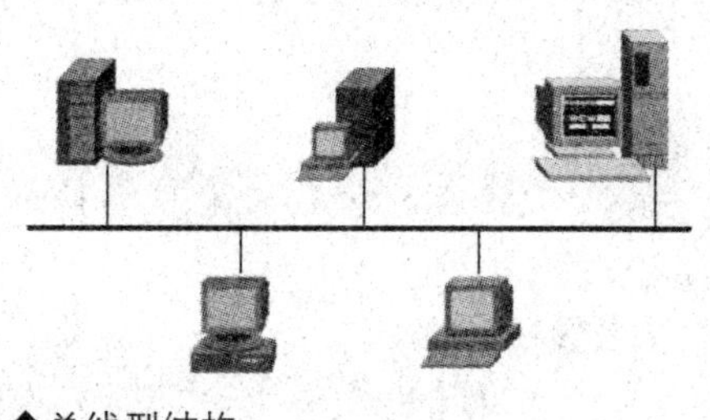

◆总线型结构

链接——总线结构的工作原理

总线型结构中的每个节点上的网络设备均具有收、发功能，接收器负责接收

总线上的串行信息并转换成并行信息送到工作站；发送器则要把并行信息转换成串行信息后返送到总线上，假如总线上发送信息的目的地址与某节点的接口地址相符合时，该节点的接收器便接收信息，如果不符合则忽略。因为各个工作站点之间通过总线电缆直接连接，所以总线拓扑结构中所需要的电缆长度是最小的，但这也会带来一些现实的问题。总线的距离如果太长，就会超出它的负载能力，这样传输信号的强度就会有很大的衰减，因此总线长度是有一定的限制，能连接的节点数量也是有限的。

实际上，总线型拓扑结构不光面临公用传输线路距离限制的问题，而且因为所有的节点共享一条公用的传输线路，所以一次只能由一个设备传输。这样就会面临多个节点访问控制的问题，需要某种形式的访问控制策略来决定下一次哪一个站可以发送和接收。通常采取的办法是分布式控制。那么，什么是分布式控制策略呢？即发送时由发送站将报文分组，然后依次逐一发送这些分组，有时还需要与其他站来的分组交替地在介质上传输。当分组经过各站时，目的站将识别分组的地址。如果符合该站的地址就拷贝下这些分组的内容并做进一步处理。这样就减轻了网络通信处理的负担，而通信处理则分布在各站点进行。

链接——总线结构的优缺点

总线结构的优点：

（1）结构简单灵活，便于扩充，网络响应速度快。

（2）使用设备少、安装使用方便。

（3）某个站点失效不会影响到其他站点。

（4）共享资源能力强，便于广播式工作，单个节点发送的信息所有节点都可接收。

（5）所需电缆长度短，减少了安装费用，易于布线和维护。

（6）在总线上的任何位置都可以接入新站点或者通过中继器增加附加段来延长长度。

（7）多个节点共用一条传输信道，信道利用率高。

总线结构的缺点：

（1）总线型拓扑结构的网络不是集中控制，故障检测需在网络上各个站点进行，故障诊断困难。

(2) 如果传输介质损坏则整个网络将瘫痪。

(3) 在总线基础上扩充，需重新配置有关设备等。

(4) 接在总线上的站点访问控制策略比较复杂。

(5) 所有工作站通信均通过公用的总线，导致实时性很差。

想一想 议一议

总线型拓扑结构适合什么样的环境使用？

星型拓扑结构

你是否曾经一个人仰望过夜空？肯定有过吧！小时候，我们都抱着一颗好奇的心，总是想知道天上的星星到底有多少颗？它们离我们有多远等诸多问题？那么你还记得天空中那些发光的天体看起来是什么样子吗？它和我们今天的计算机网络世界又有什么关联呢？下面我们就看看星型拓扑结构吧。

◆天真的孩子在看星星

星型拓扑结构也称“集中式拓扑结构”，网络中的各节点通过点到点的方式连接到一个中央节点（又称中央转接站，一般是集线器或交换机）上，由该中央节点向目的节点传送信息。因与中央节点连接的各连接节点呈星状分布而得名。因为在这种结构的网络中有中央节点（集线器或交换机），其他节点（工

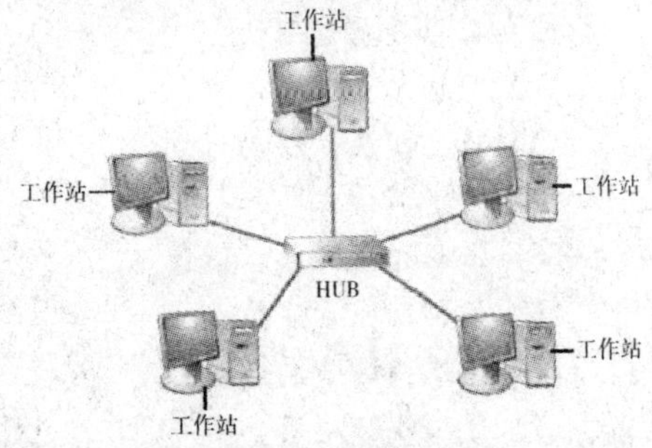

◆星型结构

作站、服务器）都与中央节点直接相连，这种结构以中央节点为中心，因此它又称为集中式拓扑结构。

综上所述，星型拓扑结构广泛应用于网络中比较容易集中于中央节点的环境。由于它采用的是廉价的双绞线，而且非共享传输通道，传输性能好，节点数不受技术限制，扩展和维护容易，所以它又是一种经济、实用的网络拓扑结构。从目前的趋势看，计算机网络的发展已从集中的主机系统发展到大量功能很强的微型机和工作站，在这种情况下，星型拓扑的使用还是占有支配地位的。尤其是在以太网中，星型结构仍旧是它的主要基本网络结构。

链接——星型网中中央节点的主要功能是什么？

1. 当要求通信的站点发出通信请求后，控制器要检查中央转接站是否有空闲的通路，被叫设备是否空闲，从而决定是否能建立双方的物理连接。

2. 在两台设备通信过程中要维持这一通路畅通。

3. 当通信完成或者不成功要求拆线时，中央转接站应能拆除上述通道。

链接——星型结构的优缺点

星型结构有哪些优点呢？

（1）数据传输速度快。

（2）网络结构简单，方便管理。

（3）节点扩展、移动方便。

（4）维护调试容易。

（5）容易组建，成本低廉。

（6）控制访问方法简单。

星型结构有哪些缺点呢？

（1）通信线路利用率不高。

（2）中央节点负荷过重，对其稳定性、可靠性等方面要求很高。

（3）网络布线较为复杂，后期维护任务繁重。

（4）广播式传输，影响网络性能。

小知识

星型结构是目前应用最广、实用性最好的一种拓扑结构之一。无论在局域网中，还是在广域网中都可以见到它的身影，但主要应用于有线双绞线以太局域网中。

1. 你知道日常生活中我们用的网络大多数是采用什么网络拓扑结构吗？

2. 如何用单个星型拓扑结构单元组成更为复杂的、适合更多用户使用的网络？

3. 传输介质对星型拓扑结构网络的组建有何影响？

4. 请试试采用星型拓扑结构组建一个小范围的网络，并总结出你从这个实验中得到的启示。

环型拓扑结构

提到“环”这个字眼，你会想到什么？也许是“铁环”、“花环”、“耳环”、“奥运五环”……，那么你想想它们的共同特征是什么呢？

◆奥运五环

我们看，它们的形状是圆的，中间是空的，线条是闭合的。计算机网络的世界里也有“环”，就是环型网络拓扑结构。下面我们就来看看网络里的环型结构。

环型拓扑结构在计算机网络刚开始普及时，在局域网中的应用非常普遍，主要应用于采用同轴电缆（当然也可以是光纤）作为传输介质的令牌网中。因为它的传输速率低，扩展性能差等缺点，目前这一网络结构形式已基本不用了。

链接——“环”的真正意义

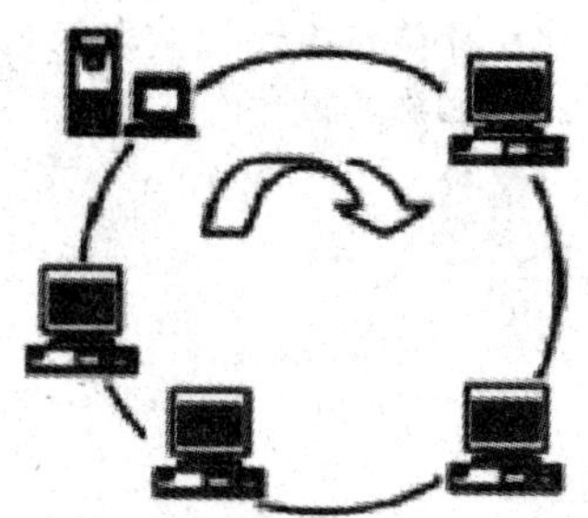
◆环形结构

和我们现实生活中的“环”一样，网络中的“环”也是具有它们的特征。环型结构中各节点通过环路接口连在一条“首尾相连”的闭合环型通信线路中，环路中各节点地位相同，环路上任何节点均可请求发送信息，请求一旦被批准，便可以向环路发送信息。环型网中由于环线公用，一个节点发出的信息必须穿越环中所有的环路接口，当信息的目标地址与环上某节点地址相符时，信息被该节点的环路接口所接收，并继续流向下一环路接口，直到流回发送该信息的环路接口为止。

实际环型拓扑结构的网络不会是所有计算机真的要“首尾相连”形成物理意义上的环形。可以是任意形状，如线形、半圆形等。这里的“环”是从理论意义上来讲的。“环”的形成并不是通过电缆两端的直接连接形成的，而是通过在环的电缆两端加装一个阻抗匹配器来实现“环”的，实现逻辑意义上的“闭合”。

链接——环型结构的优缺点

环型结构的优点：

(1) 网络路径选择和控制简单。

(2) 网络结构简单，方便组建。

(3) 组网成本低。

(4) 当某个节点发生故障时，可以自动旁路（由“中继器”完成），可靠性相对较高。

环型结构的缺点：

(1) 传输速率低，网络响应时间长。

(2) 扩充性能差。

(3) 连接用户数量少。

(4) 维护困难。

(5) 节点互访控制策略复杂，影响网络传输效率。

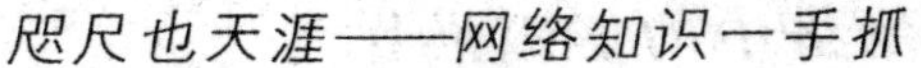

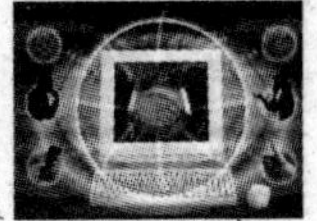

混合型拓扑结构

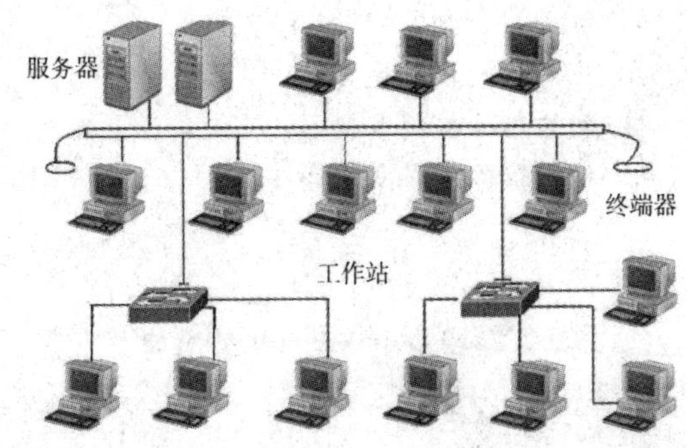

◆星型和总线型组成的混合型网络

混合型网络拓扑结构是由多种结构单元（如星型结构单元、环型结构单元、总线型结构单元、树型结构单元、网状型结构单元等）组成的新的结构。简单地说，就是将两种或两种以上的网络拓扑结构混合起来构成的一种网络拓扑结构，但常见的是由星型结构和总线型结构混合组成的。

混合型拓扑结构更能满足较大网络的扩充需要，一方面较好地解决了星型网络在传输距离上的局限（因为双绞线的单段最大长度要远小于同轴电缆和光纤），另一方面又同时解决了总线型网络在连接用户数量上的限制。实际上的混合结构网络主要应用于多层建筑物中。其中采用同轴电缆或光纤的“总线”用于垂直布线，基本上不连接工作站，只是连接各楼层中各部门的核心交换机，而其中的星型结构则体现在各楼层中的用户网络中。

混合型网络结构是目前局域网，特别是大中型局域网中应用最广泛的网络拓扑结构，它可以突破单一网络拓扑结构的传输距离和连接用户数扩展的双重限制。

想一想　议一议

1. 由星型结构和总线型结构组成的混合型网络拓扑结构分别克服了这两者的那些致命缺点呢？

2. 双绞线、同轴电缆和光纤三种传输介质各自有何特点？它们分别适合在什么样的环境下使用？

链接——混合型结构的主要特点

1. 应用广泛，扩展灵活。
2. 网络传输机制多样。
3. 维护较难、成本较高。

1. 对比分析各种网络拓扑结构的工作机制，说出它们分别要解决的核心问题是什么?

2. 说出各种网络拓扑结构的异同?

3. 从实践的角度出发，就生活中自己使用的网络分析其使用的网络拓扑结构，并说明为什么选用当前的类型?

4. 从理论的角度出发，选择一个网络拓扑结构会受哪些因素的影响呢?如何权衡这些影响因素，试试做出你的选择。

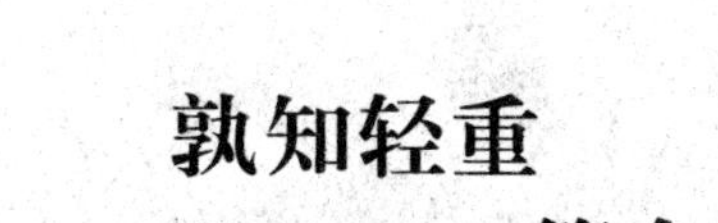

孰知轻重
——Internet 简介

◆丰富多彩的网络生活

有人说网络是一部沉甸甸的知识宝典，好比“家中的图书馆”，如果碰到一些难解的问题，求助于网络，只需要轻轻点击一下，足不出户也许就会轻松找到答案。也有人说网络是一家“百货商场”，其中的物品我们可以随便看，随便瞧……网络使我们平淡无奇的生活变得丰富多彩，足不出户，就可以欣赏到最新的影视佳片，就可以聆听最动听、最优美的旋律，最经典、最流行的歌曲。网络为结交五湖四海的新朋友、维系身处异地的老朋友之间深厚的情谊提供了一个广阔的平台，不管走到哪里，只要有一台电脑，就可以连接你我他。你可以毫无顾忌地向也许在地球另一端的网友讲述自己内心的故事，分享自己的快乐……那么，是谁让我们的世界五彩缤纷，是谁让你我他的距离化为乌有，现实生活中的它究竟是谁呢？请大家随我一起认识认识它吧。

Internet 的定义

Internet 是由成千上万的不同类型、不同规模的计算机网络和计算机主机组成的覆盖世界范围的巨型网络，Internet 的中文名字叫“因特网”。

从 Internet 的结构角度看，它是一个使用路由器将分布在世界各地的、数以千万计的规模不一的计算机网络互联起来的大型网际网。从 Internet 使用者角度看，Internet 是由大量计算机连接在一个巨大的通信系统平台上，而形成的一个全球范围的信息资源网。

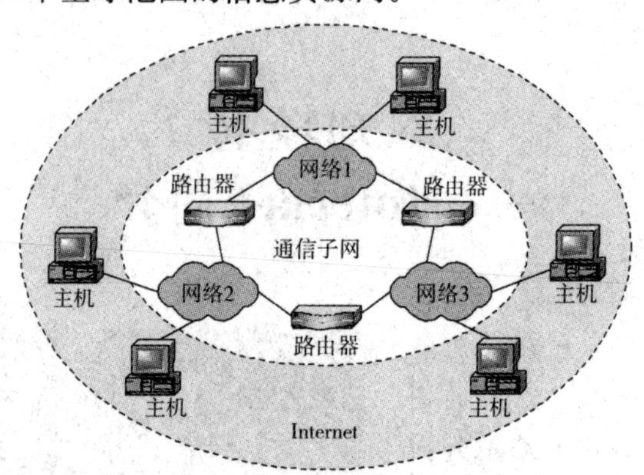

◆因特网——全球范围的信息资源网

Internet 的组成部分

通信线路是 Internet 的基础设施，它将 Internet 中的路由器与主机连接起来；路由器是 Internet 中最重要的设备之一，它将 Internet 中的各个局域网或广域网连接起来；主机是 Internet 中不可缺少的成员，它是信息资源与服务的载体；信息资源是用户最关心的问题，它影响到 Internet 受欢迎的程度。

Internet 中的主机既可以是大型计算机，也可以是普通的微型计算机。按照在 Internet 中的用途，主机可以分为以下两类：服务器和客户机。其中，服务器是信息资源与各种网络服务的提供者，它一般是性能较高、存储容量较大的计算机；客户机是信息资源与各种网络服务的使用者。

Internet 中保存着很多类型的信息资源，如文本、图形、图像、声音、视频、动画等信息类型，并且涉及人们社会生活的各个方面。由于历史发展的原因，Internet 中的信息还是以英文信息为主，中文信息资源相对比较匮乏，不过随着我国经济社会的飞速发展和国家关于信息化建设的整体部署，目前我国已经有了很多非常优秀的、面向社会生活各方面的中文门户网站和搜索引擎。那么，就和你的同学交流交流大家所知道的好的学习网站吧！

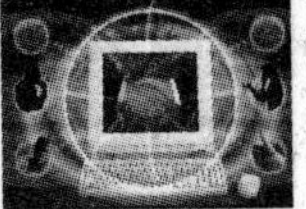

链接——关于通信线路、路由器及服务器

1. 通信线路的分类及技术指标

Internet 中的通信线路可以分为两类：有线通信线路和无线通信线路。

通常使用“带宽”与“传输速率”等术语来描述通信线路的数据传输能力。传输速率是指每秒钟可以传输的比特数，它的单位是位/秒（bps）。通信线路的最大传输速率与带宽成正比。

2. 路由器的作用

根据数据包所要到达的目的地，通过路径选择算法选择一条最佳的输出路径，如果该路径比较拥挤，路由器还负责管理数据传输的等待队列。事实上，在 Internet 中一个数据包从源主机出发往往要经过多个路由器的转发。

3. 服务器的分类及功能

服务器通过专用的服务器软件向用户提供信息资源与各种网络服务；用户使用各种客户端软件来访问信息资源或各种网络服务。服务器根据提供的服务功能不同，可以分为文件服务器、数据库服务器、WWW 服务器、FTP 服务器、E—mail 服务器和域名服务器等。

想一想　议一议

1. 生活中 Internet 为我们提供了哪些网络服务？
2. 通过这些网络服务，我们可以做些什么呢？
3. 你知道的专用服务器软件有哪些？客户端软件又是什么？

知 识 库

搜索引擎

搜索引擎（Search Engine）是指根据一定的策略、运用特定的计算机程序搜集互联网上的信息，在对信息进行组织和处理后，并将处理后的信息显示给用户，是为用户提供检索服务的系统。

万 花 筒

Internet 协会

Internet 协会（ISOC）创建于 1992 年，它是一个最权威的“Internet 全球协调与合作的国际化组织”。ISOC 是由 Internet 专业人员和专家组成的协会，致力于调整 Internet 的生存能力和规模。ISOC 的重要任务是与其他组织合作，共同完成 Internet 标准与协议的制定。

Internet 的管理组织

在 Internet 中，最权威的管理机构是 Internet 协会，目的是推动 Internet 技术发展与促进信息交流。在 Internet 协会中，有一个专门负责协调 Internet 的技术管理与技术发展的委员分会 Internet 体系结构委员会（IAB）。在 Internet 体系结构委员会中，设有以下两个具体的部门：Internet 工程任务组（IETF）与 Internet 研究任务组（IRTF）。

“旧时王谢堂前燕，飞入寻常百姓家”——Internet 的昨天、今天和明天

1997 年 6 月 3 日，中国互联网信息中心（CNNIC）在北京成立，并开始管理我国的 Internet 主干网。CNNIC 的主要职责是：为我国的互联网用户提供域名注册、IP 地址分配等注册服务；提供网络技术资料、政策与法规、入网方法、用户培训资料等信息服务；提供网络通信目录、主页目录以及各种信息库等目录服务。

Internet 的昨天

Internet 最早来源于美国国防部高级研究计划局 DARPA（Defense Advanced Research Projects Agency）的前身 ARPA 建立的 ARPAnet，该网于 1969 年投入使用。最初，ARPAnet 主要用于军事研究目的。

链接——Internet 的发展过程

1972 年，ARPAnet 在首届计算机后台通信国际会议上首次与公众见面，并验证了分组交换技术的可行性，由此，ARPAnet 成为现代计算机网络诞生的标志。ARPAnet 在技术上的另一个重大贡献是 TCP/IP 协议簇的开发和使用。1980 年，ARPA 投资把 TCP/IP 加进 UNIX（BSD4.1 版本）的内核中，在 BSD4.2 版本以后，TCP/IP 协议即成为 UNIX 操作系统的标准通信模块。

1982 年，Internet 由 ARPAnet、MILNET 等几个计算机网络合并而成，作为 Internet 的早期骨干网，ARPAnet 试验并奠定了 Internet 存在和发展的基础，较好地解决了异种机网络互联的一系列理论和技术问题。

1983 年，ARPAnet 分裂为两部分：ARPAnet 和纯军事用的 MILNET。该年 1 月，ARPA 把 TCP/IP 协议作为 ARPAnet 的标准协议，其后，人们称呼这个以 ARPAnet 为主干网的网际互联网为 Internet。与此同时，局域网和其他广域网的产生和蓬勃发展对 Internet 的进一步发展起了重要的作用。其中，最为引人注目的就是美国国家科学基金会 NSF（National Science Foundation）建立的美国国家科学基金网 NSFnet。

1986 年，NSF 建立起了六大超级计算机中心，NSF 在全国建立了按地区划分的计算机广域网，并将这些地区网络和超级计算中心相联，最后将各超级计算中心互联起来。成功使得 NSFnet 于 1990 年 6 月彻底取代了 ARPAnet 而成为 Internet 的主干网并开始对外开放。1991 年 6 月，在连通因特网的计算机中，商业用户首次超过了学术界用户，这是因特网发展史上的一个里程碑，从此因特网成长速度一发不可收拾。

怎么样？看起来 Internet 的来历也是如此的有来头吧！那么今天的 Internet 又是怎样的发展状况呢？让我们一起来看看吧！

Internet 的今天

今天的 Internet 已不再像过去那样了，只属于计算机专业人员和军事部门进行科研的领域，而是变成了一个开发和使用信息资源的覆盖全球的信息海洋。可以说是，“旧时王谢堂前燕，飞入寻常百姓家”了。尤其是从 20 世纪 90 年代中期开始，Internet 的发展速度简直是无与伦比，平均每隔半个小时就有一个新的网络与 Internet 连接，平均每月就有近 100 万人成为新“网民”。据有关数据统计，目前 Internet 的直接用户数量已经超过 10 亿，成为世界上信息资源最丰富的公共网络。同时，Internet 的应用也渗透到了各个领域，从学术研究到股票交易，从学校教育到娱乐游戏，从联机信息检索到在线居家购物等，都有长足的进步，几乎涵盖了社会生活的方方面面，已然构成了一个现代信息社会的缩影。

链接——我国的主干网发展状况

我国从 1994 年开始正式介入 Internet，并在同年建立与运行自己的域名体系。目前我国的 Internet 主干网主要包括：中国科技网（CSTNET）、中国公用计算机互联网（CHINANET）、中国教育和科研网（CERNET）、中国联通互联网（UNINET）、中国国际经济贸易互联网（CIETNET）、中国移动互联网（CMNET）、中国卫星集团互联网（CSNET）。

Internet 的明天

◆丰富多彩的未来网络生活

未来的因特网与现在的因特网可大不一样，它将会是一种可大可小、可摸可触、信手拈来的网络。当你想要把它带在身边时，你不用拎一个很大的背包把它装进去，而是把它变小，放入自己的口袋中，随时随地可以拿出来，打开因特网，就能帮助你搜索你所需要的资料。假如你是一名医生时，碰到了一位患者，这种病你和你的同事都没有办法确认，那么因特网可以帮你们，把世界上的名医集中起来进行会诊，给病人治病……

它不仅具有现在因特网的功能，还增加了成千上万种现在的因特网所

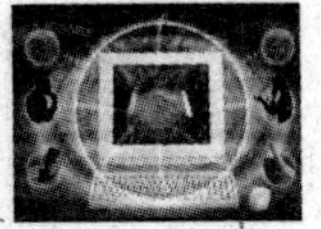

没有的奇特功能，比如：你可以通过因特网去世界各地的名胜景区旅游、可以打出五线谱并通过“模拟琴”演奏出美妙旋律、可以通过“马良笔”让图画变为实物，以及通过“转变程序”让因特网变为机器人等。

未来的因特网不仅具有许多奇特的功能，它还可以自动报警。想象一下，当你家有小偷潜入时，未来的因特网就会立即作出反应，发出震耳欲聋的响声，并把事情的经过记录下来。同时在第一时间给你发出信息，这时候，你就会从睡梦中醒来或者是从外面赶回家来，让小偷无法得逞。通过因特网，你可以弄清楚已经过去了若干年的故事，虽然不一定能够知道未来几十年的事情。但有一点是可以肯定的：因特网会越来越神奇。

想一想　议一议

1. 未来生活中 Internet 会为我们提供哪些意想不到的网络服务？

2. 通过这些“奇特”的网络服务，我们可以做些什么呢？和你的同学、朋友好好交流一下吧，也许会有很多收获哦！

万能的网络
——Internet 所能提供的服务

通行证 | 用户名 密码 登录
搜狐 SOHU.com
短信 彩信 彩铃 铃声 炫图 天龙
新闻 评论 我说两句 军事 公益 绿色
天气 男人 女人 新娘 母婴 健康
校友录 BBS 说吧 搜狗 导航 地图 游戏 输入法
手机 汽车 购车 房产 购房 家居 娱乐 韩娱 V 音乐
商学院 出国 留学 英语 动漫 星座 上海 广东
鹿鼎记 邮件 视频 播客 白社会 博客 圈子
体育 NBA 彩票 S 财经 理财 股票 基金 IT 数码
吃喝 旅游 酒店 高尔夫 文化 读书 原创 教育

◆Internet 上的各类信息

◆因特网连接世界，改变生活

日常生活中，你使用 Internet 都做了哪些事情呢？它在现代信息社会中，会对我们的日常生活带来哪些方面的影响呢？事实上，我们说 Internet 是一个内容涵盖极广的信息库，它存贮的信息涉及军事、政治、科技、经济、文化等各领域，可以说是上至天文，下至地理，三教九流，无所不包，你认为呢？不过还是以商业、科技和娱乐信息为主。同时，Internet 还是一个连接世界各个国家和地区的枢纽中心，通过它，我们可以浏览来自世界各地的信息；收发电子邮件；和朋友聊天；进行网上购物；观看影片；阅读网上杂志；还可以聆听动听前沿的音乐……当然，我们还可以做很多很多其他的事。总之，Internet 能使我们现有的生活、学习、工作以及思维模式发生根本性的变化。无论来自何方，Internet 都能把我们和世界连在一起。Internet 使我们可以足不出户就能够了解世界，并和世界交流。有了 Internet，世界真的小了，地球真的小了。毋庸置疑，Internet

正在改变我们的生活。那么，Internet 是如何改变我们的生活的呢？那就是它所提供的服务了。下面就让我们看个究竟吧！

Internet 提供的服务类型非常多，并且其中大多数是免费的。随着 Internet 商业化发展的进一步深入，相信将来的 Internet 会给我们提供更多、更全面、更好的服务。

WWW 服务

WWW（World Wide Web）又称为万维网，简称为 Web，它的出现是 Internet 技术发展中的一个重要的里程碑。WWW 服务是 Internet 上最方便、最受欢迎的服务类型，它的影响力已远远超出了专业技术范畴，并且正在渗透到电子商务、远程教育及信息服务等领域。WWW 系统的结构采用了客户机/服务器模式，而信息资源则以 Web 页的形式存储在 WWW 服务器中。用户通过 WWW 客户端浏览器程序浏览图、文、声、像并茂的 Web 页内容。通过 Web 页中的链接，用户可以方便地访问位于其他 WWW 服务器中的 Web 页，或是其他类型的网络信息资源。

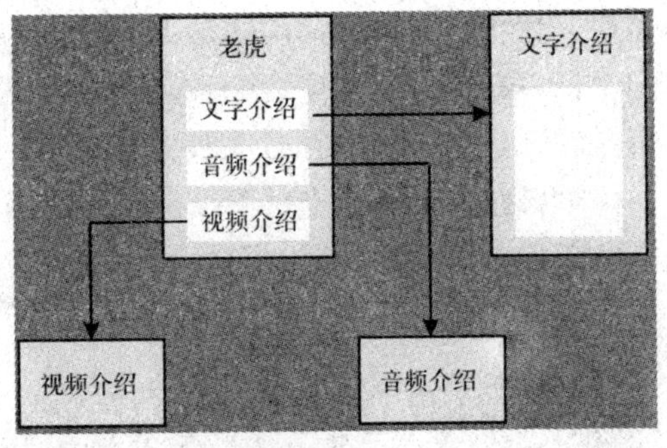

◆超媒体方式工作原理

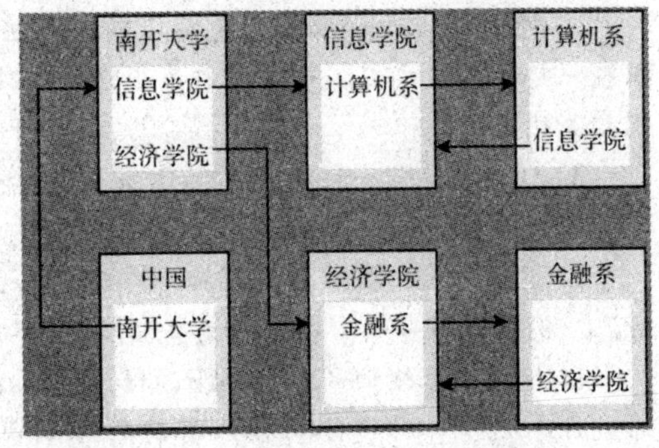

◆超文本方式的工作原理

那么，WWW 的信息是如何组织和呈现的呢？其工作原理是怎样的呢？用户又是如何浏览或获得其上的信息的呢？这些具体问题你知道吗？下面我们一起去看个究竟吧！

长期以来，人们一直研究如何对信息进行组织，其中最常见的方式就是传统的书籍等印刷类产品。它采用一定的顺序和结构，按照一定的章节或者篇章来对知识进行组织和管理。其实，WWW 的信息组织形式是用超文本（Hypertext）和超媒体（Hypermedia），也是 WWW 对应的最主要的两项功能：超文本文件的读取和 Internet 各类资源的访问。

Internet 中有数量众多的 WWW 服务器，每台服务器又包含很多的主页，我们使用什么工具找到想要的主页呢？这个工具就是统一资源定位器（URL，Uniform Resource Locators）。标准的 URL 由三部分组成：服务类型、主机名、路径及文件名。第一部分是要检索的文件使用的通信协议类型，超文本文档最常用的是 HTTP 协议。第二部分是要检索的文件所在的主机，即文件所在主机的域名，通常是在 HTTP 协议后的双斜杠后面。第三部分是在主机上存放文件的网站的目录，这部分总是放在 URL 的第一个单斜杠的后面，当然可以出现多级目录结构，它用来表示存放网站内容的子目录及其文件名。

链接——超文本、超媒体及 HTTP

1. 超文本（Hypertext）是用超链接的方法，将各种不同空间的文字信息组织在一起的网状文本。超文本更是一种用户界面范式，用以显示文本及与文本之间相关的内容。

2. 超文本就是一种按信息之间关系非线性地存储、组织、管理和浏览信息的计算机技术。

3. 超媒体是超级媒体的简称，是超文本和多媒体（不仅是文本，还有图形、图像、视频和声音等）在信息浏览环境下的结合。

4. 超文本传输协议（HTTP，HyperText Transfer Protocol）是互联网上应用最为广泛的一种网络协议。所有的 WWW 文件都必须遵守这个标准。设计 HTTP 最初的目的是为了提供一种发布和接收 HTML 页面的方法。

主页和我们通常所说的网页实际可以理解为同一个概念。WWW 服务的信息都是以主页的形式呈现的，主页包含的基本元素主要是文本、图形与超链接。其中，文本是最基本的元素，就是我们说的文字。另外，主页

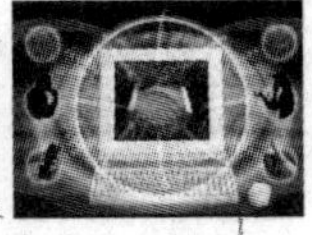

中通常实际还会包含很多的表格元素，因为我们看到的网页多数都包含很多的元素类型，这些元素要很好地组织成一定的形式，就是靠表格来管理，只是通常我们把表格的边框设置为“零”了，所以看不见边框了。

链接——WWW 服务的工作原理

WWW 服务采用的是客户机/服务器模式，信息资源以主页的形式存储在 WWW 服务器上，用户通过客户端与 WWW 服务器建立 HTTP 连接，并向 WWW 服务器发出访问信息的请求；WWW 服务器根据客户端请求找到被请求的主页，然后将得到的处理结果返回给客户端；客户端在接收到返回的数据后对其进行解释，就可以在本地计算机的屏幕上显示主页信息。当 WWW 服务器返回客户请求的主页之后，服务器和客户端之间的 HTTP 连接中断。

那么知道了 WWW 服务的工作原理和信息的组织形式之后，我们作为用户用什么工具来浏览存储在 WWW 服务器上的各种信息资源呢？下面我们认识一下 WWW 浏览器吧！

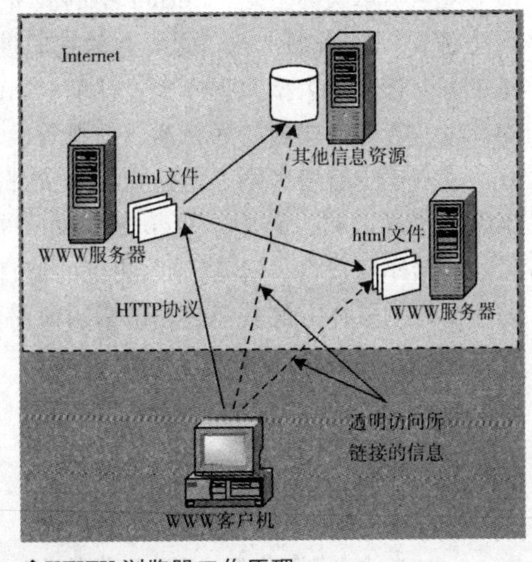

◆WWW 浏览器工作原理

WWW 浏览器是用户用来浏览主页的客户端软件。因为 WWW 服务器上的信息是以 HTML 文件的形式存储的，而在客户端是以主页的形式显示的，所以要浏览主页就必须有沟通的工具，WWW 浏览器就是负责该项工作的。目前，各种 WWW 浏览器的功能都很强大，可以显示各种信息类型，当然也就支持各类多媒体信息，如声音、视频、动画等等。现在有很多浏览器，不过使用得比较多的还是微软公司的 Internet explorer 或以其为内核的衍生浏览器。

想一想，接下来我们会碰到什么问题呢？应该如何解决呢？有什么新的工具要我们使用吗？当然有，你试想一下，Internet 中的 WWW 服务器数量如此之多，况且其中的信息类型又是丰富多样，那么我们如何在众多的网站中快速、高效地查找到我们需要的信息呢？要利用什么工具呢？那就是接下来我们要认识的搜索引擎啦！

链接——WWW 浏览器的基本功能

查找、启动与终止链接；通过按钮与菜单项来链接；历史（History）与书签（Bookmark）的使用；自由设定屏幕窗口；选择起始页；改变式样、字体与色彩；查看内嵌图像与外部图像；保存与打印主页。

搜索引擎实际上是 Internet 中的服务器，它在 Internet 中主动地搜索其他 WWW 服务器上的信息，并对它们进行自动索引，然后将索引内容存储在可供查询的大型数据库中。目前，Internet 中有很多流行的搜索引擎，如百度、谷歌，国内的如新浪、搜狐等。尽管这些搜索引擎的具体操作等方面或多或少有些区别，但是它们通常都是由三部分组成：Web 蜘蛛、数据库和搜索工具。其中，Web 蜘蛛负责在 Internet 上四处爬行并收集信息，数据库负责将 Web 蜘蛛收集到的信息存储，搜索工具则为用户提供检索数据库的具体方法。当然，搜索引擎必须及时地更新自己的数据库，只有这样，它才能保证信息的最新。

想一想　议一议

1. 生活中你都使用过哪些浏览器呢？
2. 它们分别是哪家公司开发，各自有何不同？
3. 你自己认为哪款软件最适合？说说你的理由。
4. 你知道的搜索引擎主要有哪些？它们各自有何特点？

电子邮件服务

现实生活中，你会常常通过邮局和你的亲人、同学、老师和朋友互通信件吗？或者收到过他们寄给你的包裹吗？也许你会回答，现在我更多地选择电子邮件这种快捷方便的方式。可是你知道吗，在我国很多经济比较落后的地区，人们之间还是通过这种有着近千年历史的邮政系统互致问候？那么，什么是电子邮件？和现实生活中的邮政系统比起来，电子邮件服务又是怎样实现的呢？它由哪些部分组成的呢？下面我们带着这些问题来了解一下电子邮件吧！

◆跋山涉水把“情”传——可爱的邮递员

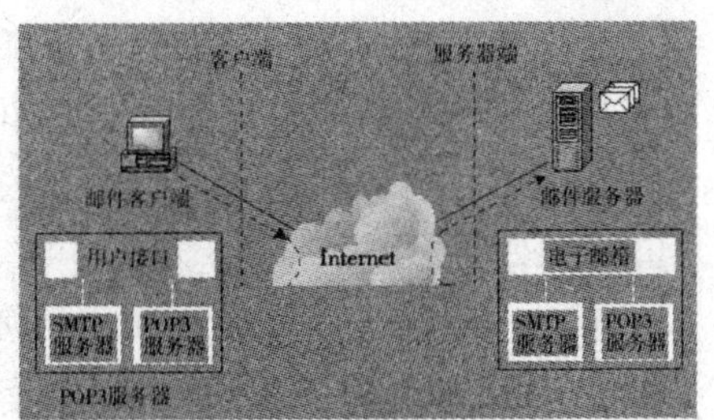

◆电子邮件系统结构示意图

电子邮件服务又称为 E—mail 服务，它是指用户通过计算机和 Internet 发送信件。电子邮件服务是 Internet 最早提供的基本服务之一，也是目前 Internet 上使用最频繁的服务类型。电子邮件系统不但可以传输各种格式的文本信息，还可以传输图像、声音、视频等多种信息。通过电子邮件，用户可以方便快速地交换信息。

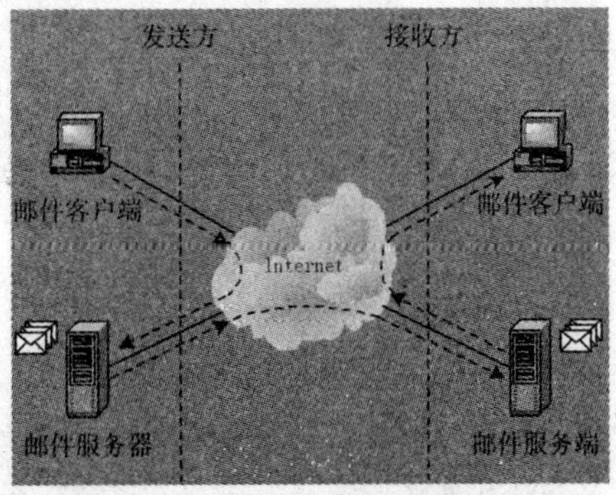

◆电子邮件工作原理

电子邮件服务采用的也是客户机/服务器模式，所以，电子邮件系统可以分为两个部分：电子邮件服务器与电子邮件客户机。其中，电子邮件服务器（E—mail Server）是电子邮件系统的核心，它是提供电子邮件服务的服务器端软件，负责发送、接收、转发与管理电子邮件；电子邮件客户机是使用电子邮件服务的客户端软件，负责发送和接收由电子邮件服务器发来的电子邮件，而用户直接使用的就是电子邮箱。电子邮箱是由提供邮件服务的机构（ISP）为用户建立的。当用户向 ISP 申请 Internet 账户时，ISP 就会在它的邮件服务器上建立该用户的电子邮件账户，它包括用户名（User Name）与密码（Password）。用户的电子邮件地址格式为：用户名@主机名，其中“@”符号表示“at”。例如，在“sina. com. cn”主机上，有一个名为 wdnwmsh 的用户，那么该用户的 E－mail 地址为：wdnwmsh@sina. com. cn。

那么，电子邮件服务的工作原理是什么？电子邮件服务器与服务器之间、客户端与服务器之间又是如何实现通信的？它们的通信机制是什么？

电子邮件服务器是电子邮件系统的核心，它负责接收用户发送来的电子邮件，并根据收件人地址转发到对方的电子邮件服务器中，还负责接收由其他电子邮件服务器发来的电子邮件，并根据收件人地址分发到相应的电子邮箱中。用户通过客户端访问电子邮件服务器中的电子邮件，电子邮件服务器根据客户端请求对电子邮箱中的电子邮件做适当处理。客户端使用 SMTP 协议向电子邮件服务器中发送电子邮件；客户端使用 POP3 协议或 IMAP 协议从电子邮件服务器中接收邮件。至于使用哪一种协议接收电子邮件，取决于电子邮件服务器与客户端支持的协议类型，一般的电子邮件服务器和客户端至少会支持 POP3 协议。

链接——电子邮件服务使用的协议及其工作原理

电子邮件使用的协议主要有三种：简单邮件传输协议（SMTP，Simple Mail Transfer Protocol）、邮局协议（POP3，Post Office Protocol）和交互式邮件存取协议（IMAP，Interactive Mail Access Protocol），它们是客户端与电子邮件服务器之间的通信协议。其中，SMTP 协议用来发送电子邮件，POP3 和 IMAP 协议用来接收电子邮件。

如果用户要发送电子邮件，通过电子邮件客户端书写电子邮件，并将邮件发送给自己的邮件服务器；自己的邮件服务器接收到电子邮件后，根据收件人地址发送到接收方的邮件服务器；接收方的邮件服务器收到其他服务器发送的邮件后，根据收件人地址分发到收件人的邮箱中。如果我们要接收电子邮件，通过电

子邮件客户端访问电子邮件服务器，从自己的电子邮箱中读取电子邮件即可。

电子邮件包括两部分：电子邮件头（E-mail Header）与电子邮件体（E-mail Body）。电子邮件头是由多项内容构成的，其中一部分是由系统自动生成的，例如发信人地址（From:）、邮件发送的日期与时间；另一部分是由发件人自己输入的，例如收信人地址（To:）、抄送人地址（Cc:）与邮件主题（Subject:）等。

收件人(R)... wxcwdn@yeah.net;
抄送(C)... ruochen@lynu.edu.cn;
密件抄送(B)... glq@163.com;
主题(T) 渔家傲
电子邮件头

渔 家 傲
——范仲淹
塞下秋来风景异，衡阳雁去无留意。
四面边声连角起，千嶂里，长烟落日孤城闭。
浊酒一杯家万里，燕然未勒归无计。
羌管悠悠霜满地，人不寐，将军白发征夫泪。
电子邮件体

◆电子邮件的组成部分

电子邮件体就是实际要传送的信函内容。传统电子邮件系统只能传输文本信息，采用多目的电子邮件系统扩展 MIME 的电子邮件系统可以传输文本、图像、语音与视频等多种信息。

用户只有在本地计算机中安装了电子邮件客户端软件，才能使用 Internet 提供的电子邮件服务功能。电子邮件客户端软件可以运行在大多数操作系统平台上，包括常见的 Windows、Macintosh、UNIX 与 Linux 等。电子邮件客户端软件的种类非常多，提供的电子邮件处理功能基本相同。

想一想　议一议

1. 电子邮件系统的基本组成部分有哪些？
2. 它们各自的主要作用是什么呢？

文件传输服务

假如你在 Internet 上看到了很好看的图片，想把它作为你的计算机桌面背景，那你该怎么做呢？假如你听到别人在唱被称为网络流行类的时尚歌曲时，或者那些曾经打动我们的优美旋律和经典音乐作品，又或者极富视听冲击力的好莱坞巨片，或者动画片、耐人寻味的百科探秘等等时，你想把它们保存到你的计算机硬盘里，想让它们随时出现在你的生活中，那我们该怎么做呢？不仅如此，Internet 上还有许多公用的免费软件，允许用户无偿转让、复制、使用和修改。这些公用的免费软件种类繁多，从多媒体文件到普通的文本文件，从大型的 Internet 软件包到小型的应用软件和游戏软件，应有尽有。那么我们想和同学朋友一起分享它们，怎么办呢？我们利用 Internet 的哪项服务呢？它的工作原理是什么？如何使用呢？下面就和我一起看个究竟吧！

链接——文件传输服务

文件传输服务又称为 FTP 服务，它是 Internet 中最早提供的服务功能之一，目前仍然在广泛使用中。文件传输服务之所以被称为 FTP 服务，就是因为文件传输服务是由 FTP 应用程序提供，FTP 应用程序则遵循 TCP/IP 协议组中的文件传输协议（FTP，File Transfer Protocol）。它允许用户将文件从一台计算机传输到另一台计算机，并且能保证传输的可靠性。Internet 使用 TCP/IP 协议作为基本协议，无论两台计算机在地理位置上相距多远，只要两台计算机都支持 FTP 协议，那么它们之间就可以相互传输文件。

FTP 是文件传输的最主要工具，它可以传输任何格式的数据。比如文本文件、二进制可执行文件、图形文件、图像文件、声音文件、视频文件、各类数据压缩文件等。

既然 Internet 上存有如此多的宝贵资源，那么，用户如何通过 FTP 服务获取这些数据呢？在 Internet 中传输文件又会碰上什么问题呢？这就得从 FTP 的工作原理说起了。

FTP 的工作原理并不复杂，它采用客户机/服务器模式。其中，FTP 客户机是请求端，FTP 服务器为服务端。事实上，在 FTP 服务器上运行着一个 FTP 守护进程（FTP Daemon），这个程序负责为用户提供下载与下载文件的服务。首先，FTP 客户机根据用户需求发出登录请求，FTP 服

务器要求客户机提供账号和密码。登录成功之后，就在 FTP 客户机和 FTP 服务器之间建立命令链路，FTP 客户机通过命令链路向 FTP 服务器发出命令，FTP 服务器也通过命令链路向 FTP 客户机返回响应信息，两者协同完成文件传输作业。此时，FTP 客户机上的用户就可以看到 FTP 服务器上的文件目录结构了。需要注意的是：一个 FTP 服务器可以同时为多个客户端进程提供服务。

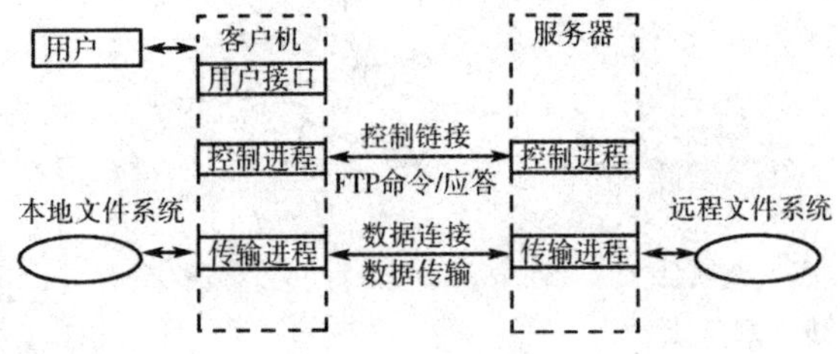

◆FTP 服务的工作原理

链接——如何访问 FTP 服务器？

使用 FTP 服务用户可以访问 Internet 中的各种 FTP 服务器，访问 FTP 服务器一般有两种方式：一种是注册用户登录到服务器系统访问，另一种是用“匿名”（anonymous）进入服务器访问。第一种方式一般是用于访问一些专用的 FTP 站点时常用的方式，就是用户要使用 FTP 服务器提供的文件传输服务，就必须合法地登录到该服务器上，需要首先输入用户名和密码。不过，目前大多数 FTP 服务都是匿名服务。匿名 FTP 服务的实质是：提供服务的机构在它的 FTP 服务器上建立一个公用账户（一般为 anonymous），并赋予该账户访问公共目录的权限，以便提供免费服务。如果要访问提供匿名服务的 FTP 服务器，一般不需要输入用户名与密码，如果需要，可以使用“anonymous”作为用户名，使用“guest”作为用户密码。需要指出的是：为了保证 FTP 服务器上资源的安全，几乎所有匿名 FTP 服务器都只允许用户下载文件，而不允许用户上传文件。

链接——上传与下载

上载一词来自英文（upload），拆开来“up”为“上”，“load”为“载”，故叫

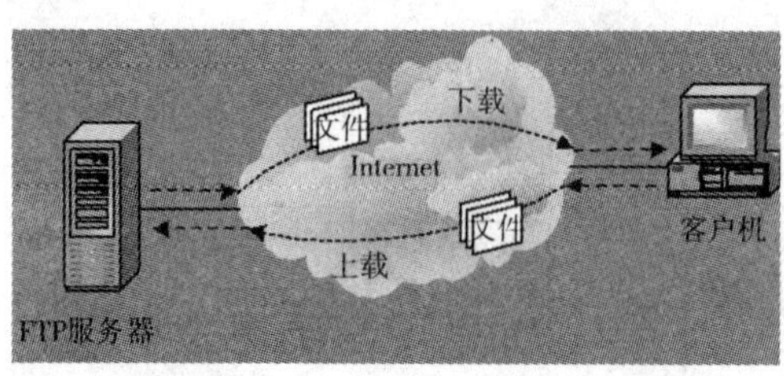

◆下载与上载

上载，也有上传的说法。下载是上载的逆过程，下载来自英文（download），拆开来“down”为“下”，“load”为“载”，故叫下载。

上载也叫做上传，一般意义上讲就是将信息从个人计算机（本地计算机）传递到中央计算机（远程计算机）系统上，让网络上的人都能看到该信息的过程。下载是它的可逆过程。

FTP服务中的上载就把FTP客户机（本地计算机）上的文件拷贝到FTP服务器上的过程，下载是它的可逆过程。

那么，用户使用FTP服务访问FTP服务器的时候一个很现实的问题就是超大文件的传输问题，尤其是对网速较低的用户来说，传输速率问题就更明显了。为了提高文件传输速率和节省FTP服务器存储空间，往往采用压缩软件对文件进行压缩处理的办法。

另外，作为用户来讲，一般都需要一定的客户端软件来实现对FTP服务器的访问。目前，常用的FTP服务器客户端软件主要有三种类型：传统的FTP命令程序、WWW浏览器和专用的FTP客户端软件。其中，传统的FTP命令行程序是最早的FTP客户端程序，它是在早期的Windows操作系统中使用，但首先要进入MS－DOS窗口。这种方式我们现在用得很少，现在的WWW浏览器不但支持WWW浏览方式，还可以通过它登录到FTP服务器并下载文件。专用的FTP客户端软件只支持FTP访问模式。与前两种方式比较起来，FTP客户端专用软件可以解决因下载过程中网络中断引起的文件丢失问题，具备断点续传的功能，这项功能非常实用吧！

远程登录服务

想象一下，假设甲、乙两地相距很远，地点甲的人想使用位于地点乙的巨型计算机的资源，他应该怎么办呢？亲自去地点乙，然后利用位于地点乙的终端来调用巨型计算机的资源吗？这种方法既费钱又费时，不可取。那么

把乙地点的终端搬回甲地点，不就好了？但是甲、乙两地相距太远了，即使可以把终端搬回去，连线也太长了吧，那么用无线连接技术怎么样呢？干扰问题使信号质量就无法保证，所以，这种方法也是不可行的。那么就没有好的办法了吗？当然有了，那就是利用 Internet 提供的远程登录服务功能，位于甲地的用户就可以通过 Internet 很方便地使用乙地巨型机的资源了。看来 Internet 真是无所不能哦！那么就让我们先认识一下远程登录吧！

远程登录是指用户使用 Telnet 命令，使自己的计算机暂时成为远程主机的一个仿真终端的过程。仿真终端等效于一个非智能的机器，它只负责把用户输入的每个字符传递给主机，再将主机输出的每个信息回显在屏幕上。

Telnet 协议是 TCP/IP 协议族中的一员，是 Internet 远程登录服务的标准协议和主要方式。它为用户提供了在本地计算机上完成远程主机工作的能力。不过，要开始一个 Telnet 会话，必须首先登录，登录的方式有两种：使用用户名和密码来登录服务器和直接登录服务器的方式。Telnet 是常用的远程控制 Web 服务器的方法。Telnet 服务虽然也属于客户机/服务器模式的服务，但它更大的意义在于实现了基于 Telnet 协议的远程登录（远程交互式计算）。

1. 你知道目前常见的专用 FTP 客户端软件有哪些吗？你使用过其中哪个或哪几个，它们有何特点？

2. FTP 上传和 WEB 上传有何区别，相比之下 FTP 上传方式有何优点？

3. FTP 服务器与 FTP 客户机分别可以比喻成生活中的什么角色呢？和你的同学讨论讨论，并说出你的理由，好吗？

链接——远程登录服务的工作原理

Telnet 使用客户机/服务器模式。用户在本地主机上运行一个称为 Telnet 的客户程序，客户程序可与远程机上的 Telnet 服务程序建立连接，连接一旦建立，用户在本地键盘上输入的命令或数据会通过 Telnet 程序传送给远程计算机，而远地计算机的输出内容会通过 Telnet 显示在用户的本地计算机的屏幕上。本地机就好像是直接连在远地计算机上的一个终端。

利用远程登录，用户可以实时使用远地计算机上对外开放的全部资源，可以查询数据库、检索资料，或利用远程计算完成只有巨型机才能做的工作。

想一想　议一议

1. Telnet 服务和 FTP 服务有何异同？
2. 你使用过 Telnet 服务吗？你使用它做了些什么？

新闻与公告类服务

Internet 的魅力不仅表现在为用户提供丰富的信息资源，它还可以使我们和分布在世界各地的有相同爱好和兴趣的人针对某个话题进行专题讨论。讨论的话题涉及工作、学习、生活的各个方面，你既可以就某个话题发表自己的看法，也可以听听别人的见解。那么，这些服务要开展，又涉到了 Internet 的哪些原理呢？最主要的就是网络新闻组和电子公告牌啦！

网络新闻组

网络新闻组是一种利用网络进行专题讨论的国际论坛，也是 Internet 中最早的在线讨论模式。目前，Usenet 是 Internet 上最大规模的网络新闻组。Usenet 并不是一个实际的网络系统，只是建立在 Internet 上的一个逻辑组织。Usenet 是自发产生与不断地变化的，新的新闻组可能会不断地产生，大的新闻组可能会分裂成小的新闻组，同时某些新闻组也可能会解散。Usenet 的基本单位是数以千计的新闻组（Newsgroup），每个新闻组都专门针对某个特定专题展开讨论，如哲学、物理、化学、文学、艺术、计算机等。可以这么说，几乎所有你能想到的主题在这里都能找得到。用户加入一个新闻组之后，就可以看到相关专题的各种信息，同时也可以发表自己的看法。Usenet 不同于 Internet 上的交互式操作方式，在 Usenet

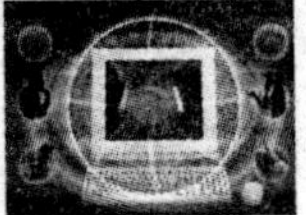

服务器上存储的各种信息，会周期性地转发给其他 Usenet 服务器，Usenet 的基本通信方式是电子邮件，但它不是采用点对点通信方式，而是采用多对多的传递方式。

电子公告牌

电子公告牌（BBS，Bulletin Board System）是 Internet 上较常用的服务功能之一，电子公告牌提供一块公共电子白板，每个用户都可以在上面发布信息。用户可以在 BBS 上与素未谋面的网友聊天、收发信件、组织聚会、获得帮助、讨论问题等。早期的 BBS 服务是一种基于远程登录的服务，想使用 BBS 服务的用户，必须首先利用远程登录功能登录到 BBS 服务器。目前，很多 BBS 站点开始提供 WWW 访问方式。

小知识

网络新闻传输协议

Usenet 服务器之间采用网络新闻传输协议（NNTP，Network News Transfer Protocol）通信。

1. 除了上面列出的这些服务功能，你还知道 Internet 提供的其他服务吗？
2. 你了解的 Internet 提供的新服务有什么？你用过它们吗？
3. 想一想，Internet 提供服务的发展趋势。

天空无限高

——网络技术知多少

网络技术是从 20 世纪 90 年代中期发展起来的新技术，它把互联网上分散的资源融为有机整体，实现资源的全面共享和有机协作，使人们具有能够透明地使用资源的整体能力并按照需求获取信息。资源包括高性能计算机资源、存储资源、数据资源、信息资源、知识资源、专家资源、大型数据库、网络资源、传感器等等。

当前的互联网的主要目的是信息资源共享，网络技术则被认为是互联网发展最重要产物。网络技术可以构造地区性的网络、企事业内部网络、局域网网络，甚至家庭网络和个人网络。网络的根本特征并不一定是它的规模，而是资源共享，消除资源孤岛。

网络技术具有很大的应用潜力，能同时调动数百万台计算机完成某一个计算任务，能汇集数千科学家之力共同完成同一项科学试验，还可以让分布在各地的人们在虚拟环境中实现面对面交流。

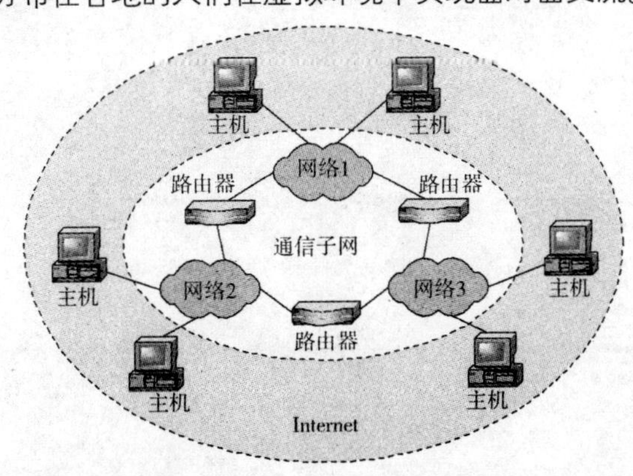

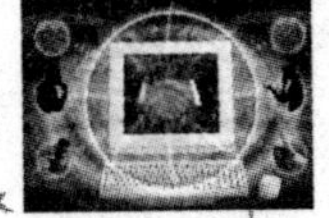

带我们走进网络时代——网络适配器

随着网络的发展，我们步入了信息社会。网络促进了社会的进步，丰富了人类的物质世界和精神世界，让人类能够快速地获取信息，满足所需，从而让人类的生活更加方便和快捷。

◆计算机如何联网

在信息社会化的今天，很多人已经接触到了网络，那么，我们的计算机是怎么与网络连接上的呢？

网络适配器——网卡

◆网络适配器

◆PCI 网卡

在如今网络的时代，无论是上网冲浪还是联网玩游戏，都离不开网络适配器，更何况，多数主板上也会为您集成一块板载网络适配器。所以，对于想迈入网络之门的读者而言，先熟悉网络适配器，会让您在应用网络时更加得心应手。

网络适配器也称网卡，是电脑与网络相互连接的设备。无论是普通电脑还是高端服务器，只要连接到局域网，就都需要安装一块网卡。假如有必要，一台电脑也可以同时安装两块或多块网卡。

网络中最基础的部件是什么?

网络中最基础的部件是什么？不是交换机也不是路由器，而是小小的、不起眼但又无处不在的网络适配器。

知识窗

现在已经有无线网卡了！上网更方便。可以随时随地在有热点（无线网络覆盖区）的地方连入无线网络，比如火车站、肯德基等地方。

网卡是怎么工作的

◆USB插口的网卡

电脑之间在进行相互通信时，数据不是以流而是以帧的方式进行传输的。我们可以把帧看做是一种数据包，在数据包中不仅包含有数据信息，而且还包含有数据的发送地、接收地信息和数据的校验信息。一块网卡包括OSI模型的两个层——物理层和数据链路层。物理层定义了数据传送与接收所需要的电与光信号、线路状态、时钟基准、数据编码和电路等，并且向数据链路层设备提供标准接口。

网卡有什么功能

网卡的功能主要有两个：一是将电脑的数据封装为帧，并通过网线（对无线网络来说就是电磁波）将数据发送到网络上去；二是接收

我们可以将网卡比喻为现实生活中的什么角色呢?

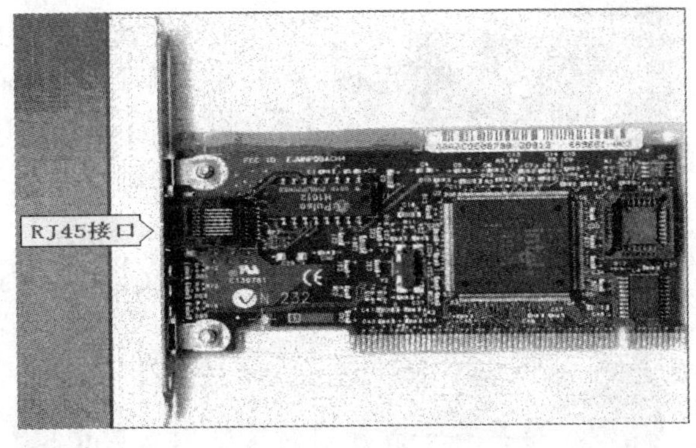

◆网卡

网络上其他设备传过来的帧，并将帧重新组合成数据，发送到所在的电脑中。网卡能接收所有在网络上传输的信号，但正常情况下只接收发送到该电脑的帧和广播帧，将其余的帧丢弃。然后，传送到系统 CPU 做进一步处理。当电脑发送数据时，网卡等待合适的时间将分组插入到数据流中。接收系统通知电脑消息是否完整地到达，假如出现问题，将要求对方重新发送。

以最常见的 PCI 接口的网卡为例，一块网卡主要由 PCB 线路板、主芯片、数据汞、金手指（总线插槽接口）、BOOTROM、EEPROM、晶振、RJ45 接口、指示灯、固定片、二极管、电阻电容等组成。下面我们就来分别了解一下其中主要部件。

主要部件

主芯片

主芯片是网卡的核心元件，一块网卡性能的好坏和功能的强弱多寡，主要就是看这块芯片的质量。右图是 Realtek 公司推出的 8139D 芯片。

◆8139D 芯片

BOOTROM

BOOTROM 插座也就是常说的无盘启动 ROM 接口，其是用来通过远程启动服务构造无盘工作站的。

◆BOOTROM 插座

LED 指示灯

一般来讲，每块网卡都具有 1 个以上的 LED（Light Emitting Diode 发光二极管）指示灯，用来表示网卡的不同工作状态，以方便我们查看网

◆LED 指示灯

卡是否工作正常。典型的 LED 指示灯有 Link/Act、Full、Power 等。Link/Act 表示连接活动状态，Full 表示是否全双工（Full Duplex），而 Power 是电源指示灯（主要用在 USB 或 PCMCIA 网卡上）。

链接——教你如何区别网卡的优劣?

我们在购买网卡时，怎么判断网卡的优劣呢？下面给大家介绍一下优质网卡应具备的条件：

1. 采用喷锡板。优质网卡的电路板一般采用喷锡板，网卡板材为白色，而劣质网卡为黄色。

2. 采用优质的主控制芯片。主控制芯片是网卡上最重要的部件，它往往决定了性能的优劣，所以优质网卡所采用的主控制芯片应该是市场上的成熟产品。

3. 大部分采用 SMT 贴片式元件。优质网卡除电解电容以及高压瓷片电容以外，其他阻容器件大部分采用比插件更加可靠和稳定的 SMT 贴片式元件。劣质网卡则大部分采用插件，其散热性和稳定性都不够好。

信息高速公路——网络传输介质

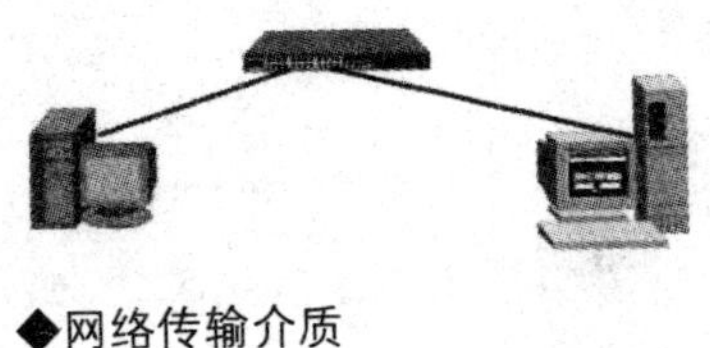
◆网络传输介质

随着信息时代的来临，数字化信息革命的浪潮正在大刀阔斧地改变着人类的工作方式和生活方式，数字化革命呼唤出新的技术——网络，但是网络是通过什么传输信息的呢？这就是我们今天要介绍的网络传输介质。

网络传输介质简介

网络传输介质就相当于生活中的高速公路，不停地传输着我们所需要的信息。网络传输介质是网络中发送方与接收方之间的物理通路，它对网络的数据通信具有一定的影响。通信介质就是在通信系统中位于发送端与接收端之间的物理通路。通信介质一般可分为导向性和非导向性介质两种。导向性介质有双绞线、同轴电缆和光纤等，这种介质将引导信号的传播方向；非导向性介质一般通过空气传播信号，它不为信号引导传播方向，如短波、微波和红外线通信等。

双绞线

双绞线简称 TP，由两根绝缘导线相互缠绕而成，将一对或多对双绞线放置在一个保护套内便成了双绞线电缆。双绞线既可用于传输模拟信号，又可用于传输数字信号。

双绞线可分为非屏蔽双绞线 UTP 和屏蔽双绞线 STP，适合于短距离通信。非屏蔽双绞线比屏蔽双绞线少了一层外屏蔽层，价格便宜，传输速

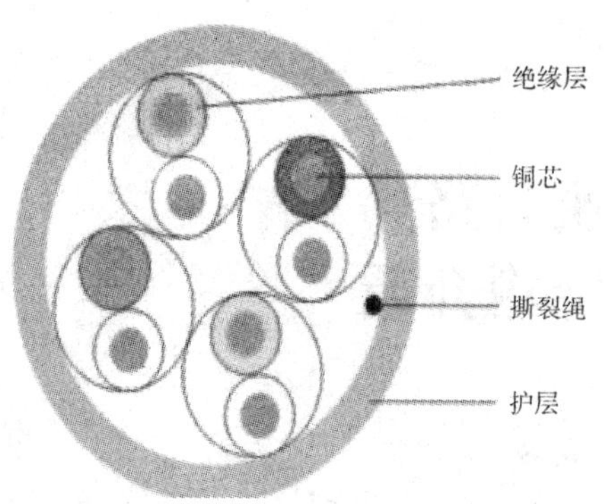

◆双绞线截面图

度偏低，抗干扰能力较差。屏蔽双绞线抗干扰能力较好，具有更高的传输速度，但价格相对较贵。

局域网中常用的双绞线根据传输特性可以分为五类。以太网中经常使用第三类与第五类非屏蔽双绞线（通常简称为三类线与五类线）。其中，三类线带宽为 16MHz，适用于语音及 10Mbps 以下的数据传输；五类线带宽为 100MHz，适用于语音及 100Mbps 的高速数据传输，甚至可以支持 155Mbps 的 ATM 数据传输。

动手做一做

让我们动手来学习一下网线的制作吧！
下面的网址给大家提供了很好的网线制作的资料哦！
http：//www. 023dn. com/pc－info/wangxianjiefa. html
一定要动手制作啊！会有很大收获的！

同轴电缆

同轴电缆的得名与它的结构相关。同轴电缆也是局域网中最常见的传输介质之一。它用来传递信息的一对导体是按照一层圆筒式的外导体套在内导体（一根细芯）外面，两个导体间用绝缘材料互相

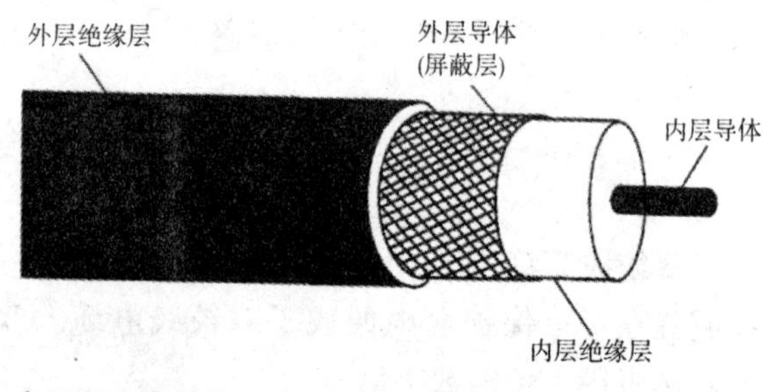

◆同轴电缆结构

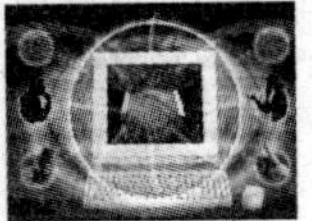

隔离的结构制选制造的，外层导体和中心轴芯线的圆心在同一个轴心上，所以叫做同轴电缆。同轴电缆之所以设计成这样，也是为了防止外部电磁波干扰信号的传递。

同轴电缆由内导体、绝缘层、外屏蔽层及外部保护层组成。如上页图，为同轴电缆的结构图。

知识链接

根据同轴电缆的带宽不同，它可以分为两种类型：基带同轴电缆与宽带同轴电缆。其中，基带同轴电缆一般仅用于数字信号的传输。同轴电缆既支持点一点连接，也支持多点连接。基带同轴电缆使用的最大距离限制在几千米范围内，而宽带同轴电缆最大距离可达几十千米左右。

展望——中国的电线电缆行业

电线电缆行业在中国是仅次于汽车行业的第二大行业，产品品种满足率和国内市场占有率均超过90%。2008年11月，我国为应对世界金融危机，政府决定投入4万亿元拉动内需，其中有大约40%以上用于城乡电网建设与改造。全国电线电缆行业又有了良好的市场机遇。

光纤

◆光纤结构

光纤是一种传输光信号的传输媒介。光纤的结构如右图所示，处于光纤最内层的纤芯是一种横截面积很小、质地脆、易断裂的光导纤维，制造这种纤维的材料可以是玻璃也可以是塑料。纤芯的外层裹有一个包层，它由折射率比纤芯小的材料制成。正是由于在纤芯与包层之间存在着折射率的差异，光信号才得以通过全反射在纤芯中不断向前传播，在光纤的最外层则是起保护作用的外套。

通常光纤与光缆两个名词会被混淆。多数光纤在使用前必须由几层保护结构包覆，包覆后的缆线即被称为光缆。光纤外层的保护结构可防止周围环境对光纤的伤害，如水、火、电击等。光缆结构为：光纤、缓冲层及披覆。光纤和同轴电缆相似，只是没有网状屏蔽层。中芯是光传播的玻璃芯。在多模光纤中，中芯的直径是 15μm～50μm，大致与人的头发的粗细相当。而单模光纤芯的直径为 8μm～10μm。芯外面包围着一层折射率比芯低的玻璃封套，以使光纤保持在芯内。再外面的是一层薄的塑料外套，用来保护封套。光纤通常被扎成束，外面有外壳保护。纤芯通常是由石英玻璃制成的横截面积很小的双层同心圆柱体，它质地脆，易断裂，因此需要外加一保护层。

链接——光纤的发展历史

1960—电射及光纤发明。

1966—华裔科学家“光纤之父”高锟预言光纤将用于通信。

1970—美国康宁公司成功研制成传输损耗只有 20dm/Km 的光纤。

1977—首次实际安装电话光纤网路。

1978—FORT 在法国首次安装其生产的光纤。

1979—赵梓森制出我国自主研发的第一根实用光纤，被誉为“中国光纤之父”。

1990—区域网路及其他短距离传输开始应用光纤。

点　击

光纤通过内部的全反射来传输一束经过编码的光信号。由于光纤的折射系数高于外部包层的折射系数，这样就可以使光波在光纤与包层的表面之间进行全反射。

无线通信

无线通信现已在全球范围得到了迅猛发展，宽带无线接入领域近来研

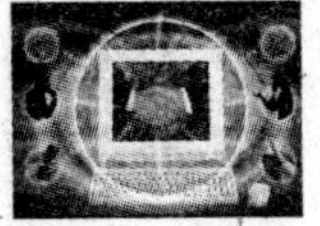

究和应用十分活跃，热点不断出现，新技术的发展和应用已成为设备制造商和运营商追逐的焦点。

从20世纪70年代，人们就开始了无线网的研究。在整个20世纪80年代，伴随着以太局域网的迅猛发展，以具有不用架线、灵活性强等优点的无线网以己之长补“有线”所短，也赢得了特定市场的认可，但也正是因为当时的无线网是作为有线以太网的一种补充，遵循了IEEE802.3标准，使直接架构于802.3上的无线网产品存在着易受其他微波噪声干扰，性能不稳定，传输速率低且不易升级等弱点，不同厂商的产品相互也不兼容，这一切都限制了无线网的进一步应用。

链接——无线通信技术

无线通信技术是利用电磁波信号可以在空间中传播的特性进行信息交换的一种通信方式，近些年信息通信领域中，发展最快、应用最广的就是无线通信技术。在移动中实现的无线通信又通称为移动通信，人们把两者合称为无线移动通信。这一应用已深入到人们生活和工作的各个方面。其中3G、WLAN、UWB、蓝牙、宽带卫星系统都是21世纪最热门的无线通信技术的应用。

小知识

3G是一种能提供多种类型、高质量多媒体业务的全球漫游移动通信网络，能实现静止2Mbps传输速度，中低速384Kbps，高速144Kbps速率的通信网。

蓝牙我们大部分人都接触过，很多手机都有蓝牙设备。蓝牙技术是以低成本的近距离无线连接为基础，为固定与移动设备的通信环境建立一个特别连接的开放性全球规范，工作在2.4GHz频段，目前可支持1Mbps的数据速率，支持数据与语音业务，目前可实现无障碍的接入距离在10米左右（发射功率为4dBm时）。

无线通信技术未来的发展将表现为：各种无线技术互补发展，各尽所长，向接入多元化、网络一体化、应用综合化的宽带无线网络发展，并逐步实现和宽带固定网络的有机融合。

你知道吗?

我国已经进行了第二阶段的网络技术试验，或称外场测试。2004年11月，在北京的3G大会上信息产业部公布的外场测试结果显示，三大标准中的WCDMA和CDMA2000已基本通过各项测试，TD－SCDMA也在快速成熟和发展中，到现在，三大标准都已经投入使用，技术因素已不是3G推广的障碍。

一家人不说两家话
——OSI 参考模型与 TCP/IP 参考模型

提到 OSI 参考模型与 TCP/IP 参考模型大家一定还比较陌生，但是因为它们的存在才能让我们大家顺利地在网络海洋里遨游，所以下面我们就走进我们网络家族认识一下这两个重要“家庭成员”吧！

我们来认识一下这位 OSI“先生”吧！

OSI 模型是国际标准化组织 ISO 创立的。这是一个理论模型，目前并无实际产品完全符合 OSI 模型。制定 OSI 模型只是为了分析网络通信方便而引进的一套理论，也为以后制订实用协议或产品打下基础。

更为通俗地讲 OSI 参考模型提供了网络间互联的参考模型，成为实际网络建模、设计的重要参考工具和理论依据，同时 OSI/RM 的思想为我们提供了进行网络设计与分析的方法。

OSI 模型的设计目的是成为一个所有销售商都能实现的开放网络模型，来克服使用众多私有网络模型所带来的困难和低效性。OSI 标准制定过程中采用的方法是将整个庞大而复杂的问题划分为若干个容易处理的小问题，这就是分层的体系结构办法。

小博士

网络协议就是网络之间沟通、交流的桥梁，只有相同网络协议的计算机才能进行信息的沟通与交流。从专业角度定义，网络协议是计算机在网络中实现通信时必须遵守的约定，也就是通信协议。主要是对信息传输的速率、传输代码、代码结构、传输控制步骤、出错控制等作出规定并制定出标准。

OSI 模型的分层

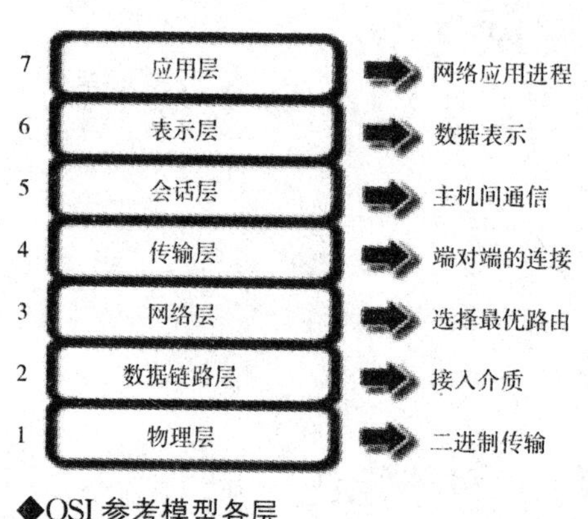

◆OSI 参考模型各层

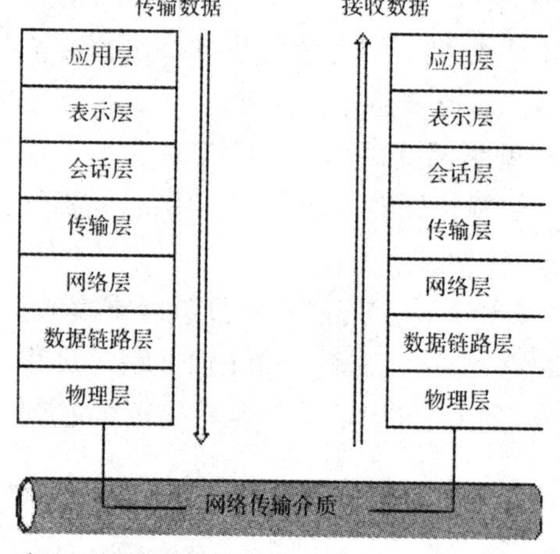

◆OSI 模型 7 层的运作方式

OSI 模型共分七层，从上至下依次是：

1. 应用层：指网络操作系统和具体的应用程序，对应 WWW 服务器、FTP 服务器等应用软件。

功能是为了满足用户的需要，根据两者之间通信的性质，负责完成各种程序或网络服务的接口工作。

2. 表示层：数据语法的转换、数据的传送等。

功能是保证一个系统应用层发出的信息能够为另一个系统的应用层理解，即处理节点间或通信系统间信息表示方式方面的问题。如数据格式的转换、压缩、加密等。

3. 会话层：建立起两端之间的会话关系，并负责数据的传送。

会话层的主要作用是组织并协调两个应用进程之间的会话，并管理它们之间的数据交换。

4. 传输层：负责错误的检查与修复，以确保传送的质量，是 TCP 工作的地方。

传输层负责主机两个进程之间的通信，即在两个端系统（源站和目的站）的会话层之间，建立一条可靠或不可靠的运输连接，以透明的方式传送报文。

5. 网络层：提供了编址方案，IP 协议工作的地方（数据包）。

功能：使用逻辑地址（IP 地址）进行寻址，通过路由选择算法为数据

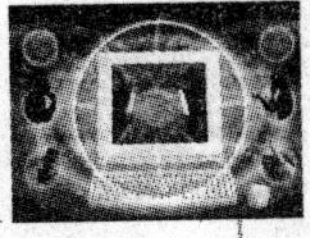

分组通过通信子网选择最适当的路径，并提供网络互联及拥塞控制功能。

6. 数据链路层：将由物理层传来的未经处理的位数据包装成数据帧。

其功能是在两个节点间的线路上，无差错地传送以“帧”为单位的数据。该层是在物理层服务的基础上，通过各种控制协议，将有差错的实际物理信道变为无差错的、能可靠传送数据的数据链路。

7. 物理层：对应网线、网卡、接口等物理设备（位）

物理层的功能是为上一层数据链路层提供一个物理连接，物理层规定了传输的电平、线速和电缆管脚，在介质上传送二进制的比特流。物理层是整个ISO模型的最底层。物理层建立在物理介质上，不是逻辑的协议和会话。它提供机械和电气接口、包括电缆、物理端口，附属设备如双绞线、同轴电缆。接线设备如网卡，RJ－45接口，串口，并口等在网络上都是工作在这个层次上的。物理层提供的服务包括，物理连接，物理服务数据单元顺序化，接受物理实体收到的比特顺序，与发送物理实体所发送的比特顺序相同和数据电路标识。

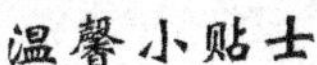

温馨小贴士

实际的网络几乎都是分层结构，功能分层，协议分层，只是根据实际需要，层次有多有少。模块化的结构便于同时开发、升级换代，维护管理。

链接——OSI小谈

世界上第一个网络体系结构由IBM公司提出（1974年，SNA），以后其他公司也相继提出自己的网络体系结构，如：Digital公司的DNA、美国国防部的TCP/IP等，多种网络体系结构并存，其结果是若采用IBM的结构，只能选用IBM的产品，只能与同种结构的网络互联。

OSI模型是国际标准化组织ISO创立的。这是一个理论模型，目前并无实际产品完全符合OSI模型。

OSI 参考模型的优点

1. 人们可以很容易地讨论和学习协议的规范细节。
2. 层间的标准接口方便了工程模块化。
3. 创建了一个更好的互连环境。
4. 降低了复杂度，使程序更容易修改，产品开发的速度更快。
5. 每层利用紧邻的下层服务，更容易记住各层的功能。

大多数的计算机网络都采用层次式结构，即将一个计算机网络分为若干层次，处在高层次的系统仅是利用较低层次的系统提供的接口和功能，不需了解低层实现该功能所采用的算法和协议；较低层次也仅是使用从高层系统传送来的参数，这就是层次间的无关性。因为有了这种无关性，层次间的每个模块可以用一个新的模块取代，只要新的模块与旧的模块具有相同的功能和接口，即使它们使用的算法和协议都不一样。

再来认识一下 TCP/IP 吧!

下面我们要介绍一下网络家族里很重要的一位“人物”，就是“TCP/IP 参考模型”。

我们可以在电脑的 TCP/IP 属性对话框内看到这样的界面，并看到 IP 地址这一栏，现在我们就了解一下它的由来。在它还没出场之前我们先了解一个关于它的“成名史”。

链接——TCP/IP 成名史

1974 年 12 月，卡恩、瑟夫的第一份 TCP 协议详细说明正式发表。当时美国国防部与三个科学家小组签订了完成 TCP/IP 的协议，结果由瑟夫领衔的小组捷足先登，首先制定出通过详细定义的 TCP/IP 协议标准。当时作了一个试验，将信息包通过点对点的卫星网络，再通过陆地电缆，再通过卫星网络，再由地面传输，贯串欧洲和美国，经过各种电脑系统，全程 9.4 万千米竟然没有丢失一个数据位，远距离的可靠数据传输证明了 TCP/IP 协议的成功。1983 年 1 月 1 日，运行较长时期曾被人们习惯了的 NCP 被停止使用，TCP/IP 协议作为因特网上所有主机间的共同协议，从此作为一种必须遵守的规则被肯定和应用。

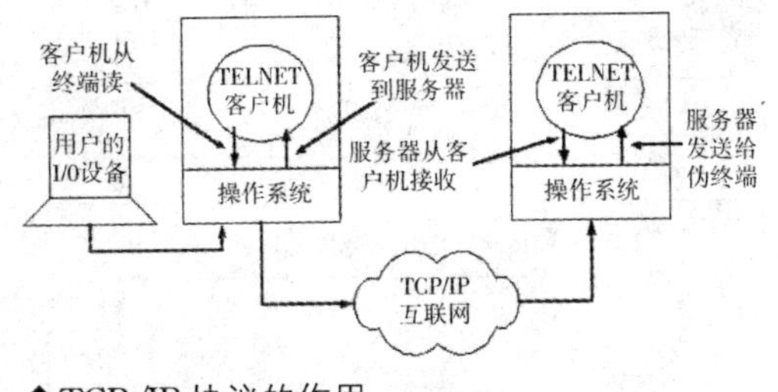

◆TCP/IP 协议的作用

现在你了解到 TCP/IP 是多么伟大了吧！那么现在我们共同走入 TCP/IP 的世界。

IP 协议：IP（Internet Protocol）协议的英文名直译就是：因特网协议。从这个名称我们就可以知道 IP 协议的重要性。在现实生活中，我们进行货物运输时都是把货物包装成一个个的纸箱或者是集装箱之后再进行运输，在网络世界中各种信息也是通过类似的方式进行传输的。IP 协议规定了数据传输时的基本单元和格式。如果比作货物运输，IP 协议规定了货物打包时的包装箱尺寸和包装的程序。除了这些以外，IP 协议还定义了数据包的递交办法和路由选择。同样用货物运输做比喻，IP 协议规定了货物的运输方法和运输路线。而 IP 地址就和你在班里有自己的学号一样，域名就是姓名或是同学给你起的绰号。IP 地址是唯一的，但可以有英文域名，也可以有中文实名，正如你的身份是唯一的，但名字可以不止一个一样，但是在日常生活中，我们是更习惯于使用名字还是绰号呢？相信大家更习惯使用名字，因为名字更容易使用和记忆，IP 地址也是一样的道理。

TCP 协议：我们已经知道了 IP 协议很重要，IP 协议已经规定了数据传输的主要内容，那 TCP（Transmission Control Protocol）协议是做什么的呢？不知大家发现没有，在 IP 协议中定义的传输是单向的，也就是说，发出去的货物对方有没有收到我们是不知道的。就好像 8 毛钱一封的平信一样。那对于重要的信件我们要寄挂号信怎么办呢？TCP 协议就是帮我们寄“挂号信”的。TCP 协议提供了可靠的面向对象的数据流传输服务的规则和约定。简单地说，在 TCP 模式中，对方发一个数据包给你，你要发一个确认数据包给对方。通过这种确认来提供可靠性的保证。

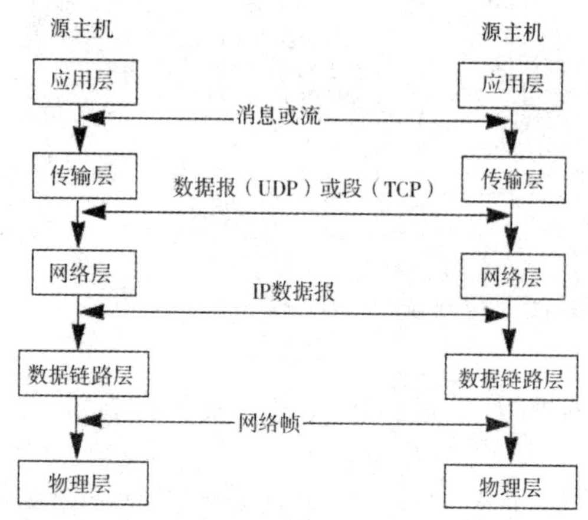

◆TCP/IP 协议分层

TCP/IP

TCP/IP 协议是一种网络通讯协议，用这个“语言”交流起来更方便，是两台计算机之间相互交流的共同语言，是事先商定的双方都要共同遵守的规则。

TCP/IP 协议并不完全符合 OSI 的七层参考模型。传统的开放式系统互连参考模型，是一种通信协议的 7 层抽象的参考模型，其中每一层执行某一特定任务。而 TCP/IP 通讯协议采用了 4 层的层级结构，每一层都呼叫它的下一层所提供的网络来完成自己的需求。这 4 层分别为：

应用层：应用程序间沟通的层，如简单电子邮件传输协议（SMTP）、文件传输协议（FTP）、网络远程访问协议（Telnet）等。

传输层：在此层中，它提供了节点间的数据传送服务，如传输控制协议（TCP）、用户数据报协议（UDP）等，TCP 和 UDP 给数据包加入传输数据并把它传输到下一层中，这一层负责传送数据，并且确定数据已被送达并接收。

互联网络层：负责提供基本的数据封包传送功能，让每一块数据包都能够到达目的主机（但不检查是否被正确接收），如网际协议（IP）。

网络接口层（物理层和数据链路层）：对实际的网络媒体的管理，定义如何使用实际网络（如 Ethernet、Serial Line 等）来传送数据。

知识链接

TCP/IP 参考模型是计算机网络的鼻祖 ARPANET 和其后继的因特网使用的参考模型。ARPANET 是由美国国防部 DoD（U. S. Department of Defense）赞助的研究网络。它逐渐地通过租用的电话线连接了数百所大学和政府部门。当无

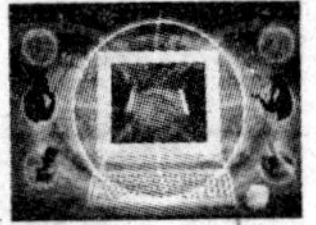

线网络和卫星出现以后，现有的协议在和它们相连的时候出现了问题，所以需要一种新的参考体系结构。这个体系结构在它的两个主要协议出现以后，被称为TCP/IP参考模型（TCP/IP reference model)。

由于国防部担心它们一些珍贵的主机、路由器和互联网关可能会突然崩溃，所以网络必须实现的另一目标是网络不受子网硬件损失的影响，已经建立的会话不会被取消，而且整个体系结构必须相当灵活。

TCP/IP 参考模型的特点：

1. 开放的协议标准，可以免费使用，并且独立于特定的计算机硬件与操作系统。

2. 独立于特定的网络硬件，可以运行在局域网、广域网，更适用于互联网中。

3. 统一的网络地址分配方案，使得整个 TCP/IP 设备在网中都具有唯一的地址。

4. 标准化的高层协议，可以提供多种可靠的用户服务。

TCP/IP 模型的主要缺点有：

首先，该模型没有清楚地区分哪些是规范。

其次，TCP/IP 模型的主机—网络层定义了网络层与数据链路层的接口，并不是常规意义上的一层，接口和层的区别是非常重要的，TCP/IP 模型没有将它们区分开来。

TCP/IP 参考模型与 OSI 参考模型的比较

前面我们已经了解过关于 OSI 参考模型的相关概念，现在我们来比较一下两个参考模型。

TCP/IP 参考模型是和 OSI 参考模型有对应关系的。

现在我们应该知道要使网络中的两台计算机系统通信就需要一致的协议，同时不同主机、不同厂商的网络互联需要统一的标准。国际标准化组织（OSI）早在 20 多年前就提出了开放系统互联（OSI）参考模型。OSI 模型提出后的 20 多年来，有关网络协议设计的思想已经有了很大发展，许多现代的网络协议（例如 TCP/IP 协议）也不完全符合 OSI 模型，但是

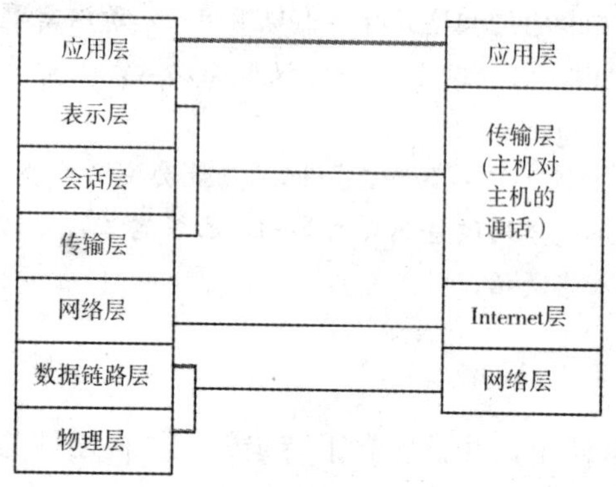

◆TCP/IP参考模型与OSI参考模型的比较

OSI的概念与思想仍然被保留了下来。TCP/IP协议中IP也是属于OSI参考模型中的网络层。

而现代的如TCP/IP协议出现是有其优势的，在长期的发展过程中，IP逐渐取代其他网络。这里给出一个简单的解释。IP传输通用数据。数据能够用于任何目的，并且能够很轻易地取代以前由专有数据网络传输的数据。

信号的翻译员——调制解调器

现在QQ聊天已经普及，在QQ上我们可以发送文字信息，可以发送文件，可以发送语音视频文件，当然也可以进行视频聊天，其中涉及到了数字数据信号和模拟数据信号的相互转换问题，这些不同的信号是怎样通过计算机和传输介质传到另一台计算机上的呢？通过这一节的介绍，你就会明白了。

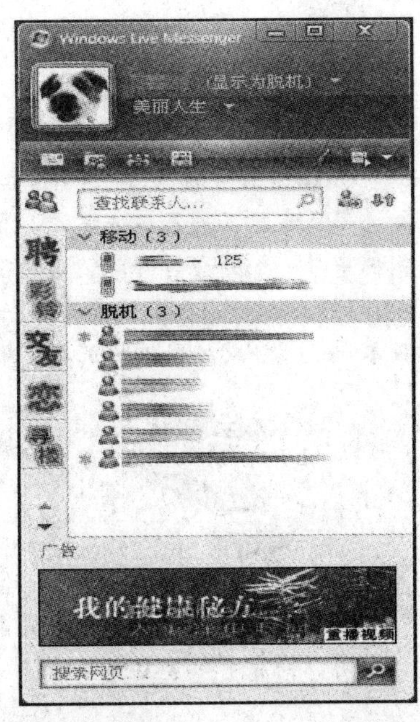

◆聊天工具

在我们进行视频聊天时，我们的声音信号是怎么传输和接收的呢？其实我们的声音信号经过计算机先转化为数字信号，而后转变为模拟信号进行传输的，而这个转化就需要利用调制解调器。下面我们一起来认识一下我们这节课的主角——调制解调器。

什么是调制解调器呢？

调制解调器，英文是MODEM，其实是Modulator（调制器）与Demodulator（解调器）的简称，根据Modem的谐音，亲昵地称之为“猫”。

所谓调制，就是把数字信号转换成电话线上传输的模拟信号。

解调，即把模拟信号转换成数字信号。合称调制解调器。

其实，电子信号分为模拟信号和数字信号，而调制解调器就像模拟信

◆调制解调器图

号和数字信号的“翻译员”。

调制解调器的主要功能为：作为数据的发送端将计算机的数字信号转换成在电话线上能传输的模拟信号，作为数据的接收端将电话线上的模拟信号转换成计算机能处理的数字信号。

知识拓展

Modem起初是为20世纪50年代的半自动地面防空警备系统（SEGE）研制，用来连接不同基地的终端、雷达站和指令控制中心到美国和加拿大的SAGE指挥中心。但是当时两端使用的设备跟今天的Modem根本不是一回事。

1962年，AT&T发布了第一个商业化Modem——Bell 103. 很短时间之后，版本Bell 212就被研制出来，发展到现在已经被普遍使用。

那么，调制解调器到底是什么东西呢？它在我们的日常生活中如何被应用？到底有多重要呢？

调制解调器的分类

按照不同的分类方法，调制解调器可分为外置式、内置式、PCMCIA插卡式、机架式等，其中最常见的是内置式和外置式两种。

内置式Modem是一块插卡，在安装时需要拆开机箱，并且要对中断和COM口进行设置，安装也比较烦琐，并且这种内置Modem要占用主板上的扩展槽和电脑的一个串行端口，还需要连接单独的电源才能工作；但其也有自身的优点，那就是无需配置额外的电源和电缆，且价格比外置式

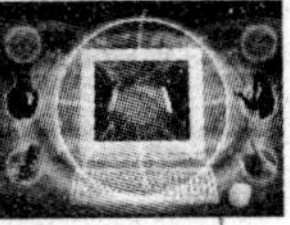

◆内置式调制解调器

◆外置式调制解调器

Modem 要更便宜一些。

内置式与外置式调制解调器有什么区别?

外置式 Modem 置于机箱外，通过串行或 USB 电缆连接到计算机上，这种 Modem 方便灵巧、易于安装，闪烁的指示灯便于监视 Modem 的工作状况。但外置式 Modem 需要使用额外的电源与电缆，闪烁的指示灯便于监视 Modem 的工作状况。

以上我们列举了其中两种常见的类型，其他类型我们就不再一一说明，有兴趣的同学可以自己到网上查一查。

你知道吗——我们如何衡量调制解调器的好坏呢?

传输速率是衡量调制解调器性能好坏的重要指标。

传输速率是指 Modem 理论上能达到的最高传输速率，即每秒钟传送的数据量大小，以 bps（bit per second，比特/秒）为单位。传输速率越高，传输数据花费的时间越少。目前，调制解调器的传输速率基本都是 56Kbps。

平时我们所说的传输速率都是理论上的，但实际上在使用过程中，Modem 的速率往往不能达到标称值。

实际的传输速率受以下几个因素的影响：

1. 电话线路的质量。

2. 是否有足够的带宽。

3. 对方的 Modem 速率。

友情提醒——这是我们需要注意的

在选购调制解调器时一定要注意：

1. 国外的产品不一定比国内的好，目前很多人都喜好买国外品牌的产品。其实那些 Modem 绝大多数是我国台湾省生产的，只不过在选料上比较讲究罢了。而相对来说，国内的产品在设计上参照了国内的实际情况，在性能上不比国外的产品差，而且价格也相对比较便宜。

2. 不要太过于注重产品的外表，关键要看其内在的品质。现在市场上的 Modem 外壳搞得越来越花，色彩也越来越绚丽，不过在购买的时候千万别被外表所迷惑。现在很多厂家推出的所谓系列产品，在价格上差异很大，但实际上用的是一样的电路板，只不过是外壳不一样罢了。

3. 要稍微注意一下产品的品牌。毕竟品牌与性能、品质、服务等都是息息相关的。好的品牌还是值得信赖的。另外，贵的不一定就好，经销商推荐的也不一定就好，因为他们主要根据利润率来推荐。

网络传输的枢纽
——交换机

我们上网时有时会遇到网速很慢的情况，你知道这是为什么吗？网速与哪个网络设备有关呢？其实，交换机的速率对网速的影响是很大的，那么，这一节就让我们来认识一下交换机吧！

右图为日常生活中最为常见的层叠式交换机，多用于机房或者网吧，层叠式交换机可同时供上百台电脑联网，组成小型局域网，实现资源的共享以及数据的通信。

◆交换机

什么是交换机

广义的交换机就是一种在通信系统中完成信息交换功能的网络设备。

交换机是交换式局域网的核心设备，其提供了多个连接端口，而每个端口又可以接入网段、集线器或结点等。

追忆历史

交换机的发展历史

“交换机”是一个外来语，源自英文“Switch”，原意是“开关”。1993年，局域网交换设备出现，1994年，国内掀起了交换网络技术的热潮，迄今交换机已被广泛使用，成为网络传输的枢纽。

交换机有哪几种

◆快速以太网交换机

一般而言，交换机按其支持的传输速率和功能分为不同的类型。

1. **根据传输速率的不同分为三类：**普通以太网交换机、快速以太网交换机和千兆位以太网交换机。

2. **按网络规模的大小不同划分为：**企业级交换机、部门级交换机、工作组交换机和桌面交换机。

3. **根据端口结构可划分为：**固定端口交换机和模块化交换机。从名称中可以知道，固定端口交换机所带的端口数量是固定的，而模块化交换机则没有固定的端口数量。

4. **交换机工作所在的协议层次可分为：**第二层交换机和第三层交换机。

5. **根据其是否支持网管功能可分为：**非网管型交换机与网管型交换机。

知 识 库

普通以太网交换机能支持 10Mbps 传输速率，快速以太网能支持 100Mbps 传输速率，千兆位以太网能支持 1000Mbps 传输速率。

动手做一做

请同学们亲自上百度查一查非网管型交换机与网管型交换机的区别。一定要动手做一做啊！会有很大收获的！

交换机的交换方式有哪些

◆动态交换方式交换机

实际上交换机可以采用多种交换方式，下面我们来认识一下不同的交换方式。

1. **静态交换：**这是早期的交换机常采用的交换方式，现在市场上有些比较便宜的交换机还在采用这种方式。这种交换机端口间连接的通道是固定的。

2. **动态交换：**动态交换虽然最终也是形成一个传输通道，但是根据输入目的地址查找交换机中的端口地址表决定端口的连接，当传输完成时，连接自动断开。

动态交换方式现已广泛地被生产厂家所采用，而其又可分为两种方式：存储转发交换和穿通交换。至于这两种方式我们不再过多介绍，有兴趣的同学可以自己上网查一查。

动手做一做

请同学们亲自上百度查一查交换机的工作原理以及详细的技术特点。一定要动手做一做啊！会有很大收获的！

链接——典型交换机（以 Cisco 公司的产品为例）的简单介绍

1. Catalyst Express 500 系列：该系列是低端的、固定端口交换机，其适用于工作组和桌面级的小型局域网。

2. Catalyst 3550/3560 系列：该系列是终端的、可堆叠、机架式、固定端口的交换机，它适用于组建部门级的中、小规模局域网。

3. Catalyst 6500 系列：这一系列是高端的、智能的、模块化交换机，它可以提供 1000Mbps 传输速率，还可以提供灵活的网络模块配置与强大的网络管理功能，它适应于企业级的大规模局域网组网需要。

4. Catalyst 6500 系列：这一系列也是高端的、智能的、模块化交换机，它适合于企业级的大规模局域网组网的需要，其可持续转发速率达到400Mpbs，其单个系统最多可以提供576个BASE—T端口。

5. 8500/8600 系列：这一系列是最高端的、智能化交换机，可以提供高达10Gbps传输速率，也能提供灵活的网络模块配置、强大的网络管理功能和IP与ATM相结合的多层次、多类型的交换方式，其可以满足电信运营商和超大型企业的主干网级别的组网需要。

万 花 筒

局域网交换机的技术特点：

1. 低交换延迟
2. 支持不同的传输速率和工作模式
3. 支持虚拟局域网服务

传统交换式局域网的基本结构

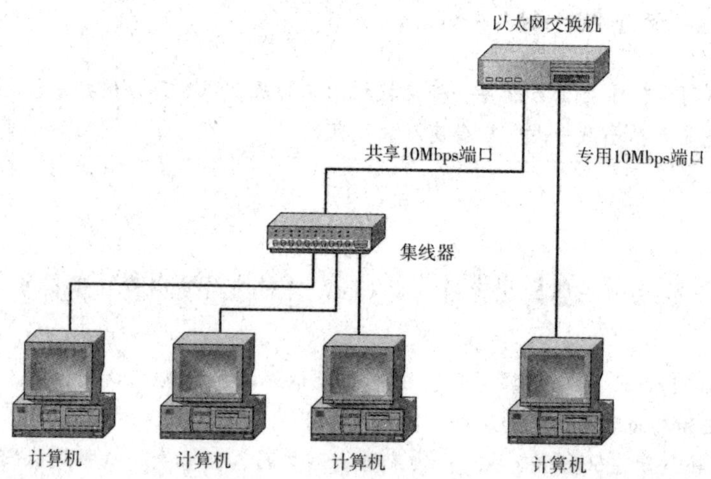

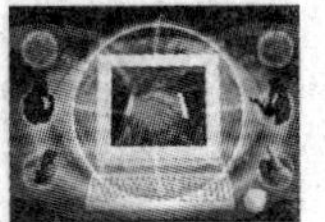

网络互联的核心设备——路由器

我们在日常生活中经常会看到几台计算机共用一个路由器上网的情况，那么路由器的工作原理是什么？它又是怎样把几台计算机连到一起的呢？这一节就让我们来了解一下有关路由器的一些基本知识。

◆路由器

路由器是什么?

路由器是在网络层上实现多个网络互连的设备。

路由器常见的用法是不同局域网互连、局域网与广域网互连。

路由器可以使几台计算机共享上网。

知 识 库

Internet 就是由路由器互连起来的大型网际网。

链接——科技文件夹

1980 年中后期，专用的路由器才开始被研究。1984 年，第一个著名的网络设备公司成立了，那就是思科（斯坦福大学里的一对计算机教师夫妇 Leonard Bosack 和 Sandy Lemer，为了解决计算机间通信的问题，发明了路由器，随后创立了著名的思科公司）。

路由器是怎样工作的呢？

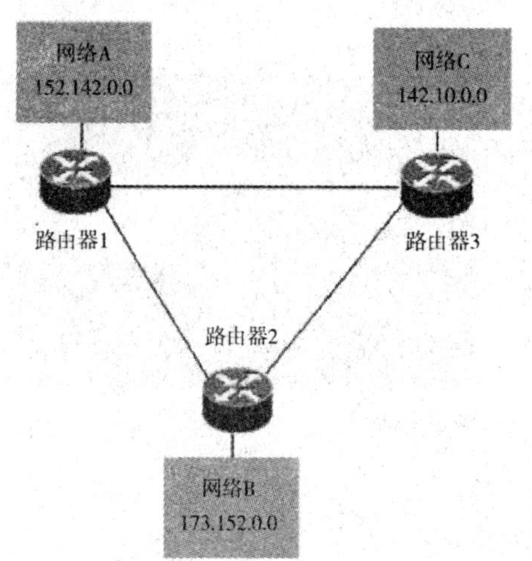

◆路由器的工作原理示意图

如左图，局域网络 A 中的一台计算机向网络 B 中的一台计算机发送一条信息，其在结点 A 处会生成带有源地址与目的地址的多个数据分组，并将这些数据组发送出去，路由器 1 接受到来自 A 的信息后，根据分组中的目的地址去查路由表以确定该分组的输出路线，然后将该分组发送到目的结点所在的局域网 B。实际上在一个大型的互连网络中，经常用多个路由器进行连接。

典型的路由器有哪些构件呢？

典型的路由器由四部分构成，它们分别是：交换结构、输入端口、输出端口和路由选择处理机。如下图所示：

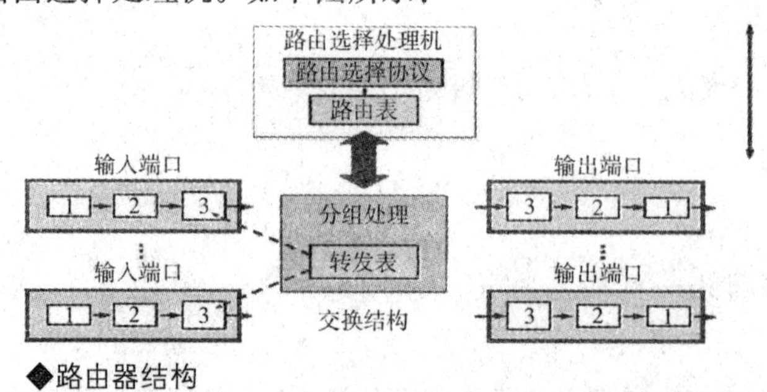

◆路由器结构

路由器有哪些类型呢？

路由器根据不同的性能指标与结构功能，可以分为以下不同的类型：

◆接入级路由器示意图

1. **根据其性能指标的不同可以分为三种类型**：高档、中档和低档路由器。

2. **根据端口结构来划分，可分为两种类型**：固定端口路由器和模块化结构路由器。其中，固定端口路由器只能提供固定的端口数目，而模块化结构路由器则可以灵活配置端口类型和数量。一般来说，中、高端路由器采用模块化结构，且一般是机箱式。

3. **按其应用规模大小可分为**：骨干级路由器、企业级路由器和接入级路由器。其中，接入级路由器主要用于连接家庭或小型企业，而骨干级路由器的吞吐量很大，是实现企业级网络互联的关键设备。

4. **根据所应用的网络位置可以分为**：边界路由器和中间节点路由器。

边界路由器用于不同网络路由器的连接，中间节点路由器常用于连接不同网络，起到数据转发的桥梁作用。

小知识

1. 路由器是在网络层上实现多个网络互连的设备。

2. 路由器可以有效地隔离多个局域网的广播通信量，使每一个局域网都是独立的子网。

知识链接

一般而言，吞吐量大于40Gbps的路由器称为高档路由器，吞吐量低于25Gbps的路由器称为低档路由器，而处于25G—40Gbps之间的路由器为中档路由器，当然，这只是一种宏观上的标准，实际上，各个生产厂家的划分标准并不一致，其划分不只以吞吐量为依据，如在Cisco公司的产品中，12000系列路由器为高端路由器，7500以下系列路由器为中、低端路由器。

链接——路由器和交换机有什么区别?

从外观上来看，路由器和交换机有一些相似，但它们两个的功能和构件有很多不同的。

首先，交换机能最经济地将网络分成小的局域网，为每个工作站提供更高的带宽。提供了比传统桥接器高得多的工作性能，如利用专门设计的集成电路可使交换器以线路速率在所有的端口并行转发信息。

其次，把网络相互连接起来的是路由器，路由器就像互联网络的枢纽“交通警察”。目前路由器已经广泛应用于各行各业，各种不同档次的产品已经成为实现各种骨干网内部连接、骨干网间互联和骨干网与互联网互联互通业务的主力军。

最后，交换机的主要功能包括物理编址、网络拓扑结构、错误校验、帧序列以及流量控制等；而路由器的一个作用是连通不同的网络，另一个作用是选择信息传送的线路。

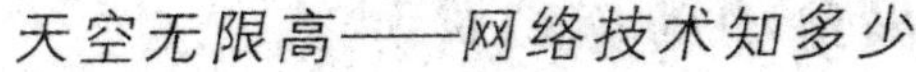

网络护城河
——防火墙

现在我们已经进入21世纪了，网络已经在我们的生活中可谓是无处不见了，大家没事的时候都会上网找朋友聊天、浏览网页或在网上购物等等。但是，大家在使用网络的时候有没有想过我们的网络是否安全？什么是网络安全？我们应如何来保护我们的网络安全呢？

◆什么是防火墙

什么是防火墙？

目前，保护我们网络安全的最主要的手段是构筑防火墙。那么，什么是防火墙呢？在古代，防火墙原指古人在房屋之间修建的一道墙，这道墙可以防止火灾发生时蔓延到别的房屋。而现在我们网络安全系统中的防火墙则是指位于计算机与外部网络之间或内部网络与外部网络之间的一道安

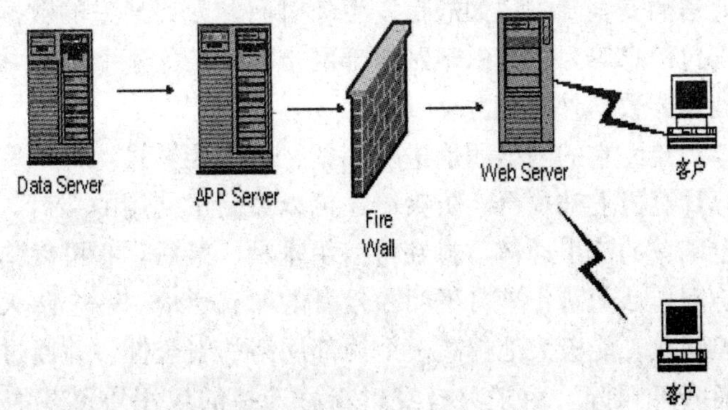

◆防火墙的基本结构示意图

全屏障，其实质就是一个软件或者是软件与硬件设备的组合。用户通过设置防火墙所提供的应用程序和服务以及端口访问规则，达到过滤进出内部网络或计算机的不安全访问，从而提高我们网络和计算机系统的安全性和可靠性。

链接——网络本质活动

网络本质的活动是分布式进程通信。进程通信在计算机之间通过分组交换的方式实现。从网络安全的角度，对网络系统与资源的非法访问需要有“合法”用户身份，通过伪造成正常的网络服务数据报的方式进行。如果没有防火墙隔离内部网络与外部网络，内部网络中的节点都会直接暴露给外部网络的主机，这样就很容易遭到外部非法用户的攻击。防火墙通过检查进出内部网络的所有数据分组的合法性，判断分组是否会对网络安全构成威胁，从而为每个网络建立安全边界。

防火墙的功能

防火墙的主要功能包括：用于监控进出内部网络或计算机的信息，保护内部网络或计算机的信息不被非授权访问、非法窃取或破坏，过滤不安全的服务，提高企业内部网络的安全，并记录了内部网络或计算机与外部网络进行通信的安全日志，如通信发生的时间和允许通过的数据包和被过滤掉的数据包信息等，还可以限制内部网络用户访问某些特殊站点，防止内部网络的重要数据外泄等。

防火墙对流经它的网络通信进行扫描，这样能够过滤掉一些攻击，以免其在目标计算机上被执行。防火墙还可以关闭不使用的端口。而且它还能禁止特定端口的流出通信，封锁特洛伊木马。最后，它可以禁止来自特殊站点的访问，从而防止来自不明入侵者的所有通信。一个防火墙（作为阻塞点、控制点）能极大地提高一个内部网络的安全性，并通过过滤不安全的服务而降低风险。由于只有经过精心选择的应用协议才能通过防火墙，所以网络环境变得更安全。

小 资 料

防火墙的优点：

（1）防火墙能强化安全策略。

（2）防火墙能有效地记录 Internet 上的活动。

（3）防火墙限制暴露用户点。防火墙能够用来隔开网络中一个网段与另一个网段。这样，能够防止影响一个网段的问题通过整个网络传播。

（4）防火墙是一个安全策略的检查站。

防火墙的主要种类

根据防火墙的防范方式和侧重点不同可以分为包过滤防火墙、应用代理防火墙和状态监视防火墙。

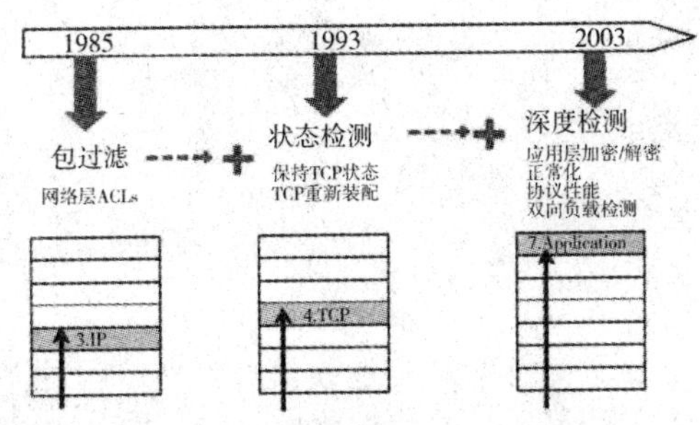

◆防火墙技术的演变过程

1. 包过滤防火墙

包过滤防火墙工作在 OSI 参考模型的网络层和传输层，它根据数据包源头地址、目的地址、端口号和协议类型等标志确定是否允许通过。只有满足过滤条件的数据包才被转发到相应的目的地，其余数据包则被从数据流中丢弃。包过滤防火墙一般可直接集成在路由器上，在进行路由选择的同时完成数据包的选择和过滤。也可有一台单独的计算机来完成数据包的过滤。

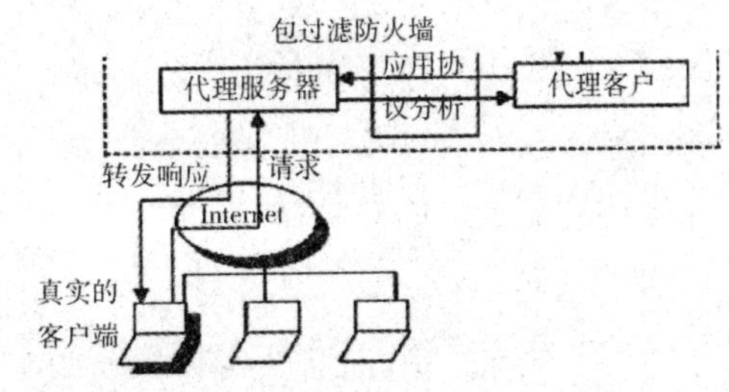

◆应用代理防火墙工作方式

2. 应用代理防火墙

代理服务是运行在防火墙主机上的专门应用程序或者服务器程序，它

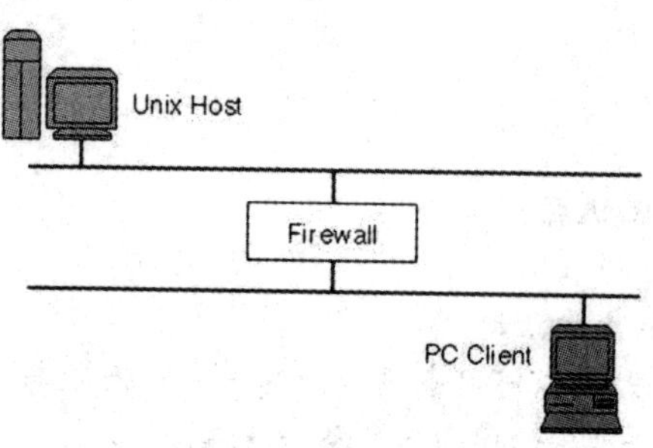

◆过滤 IP

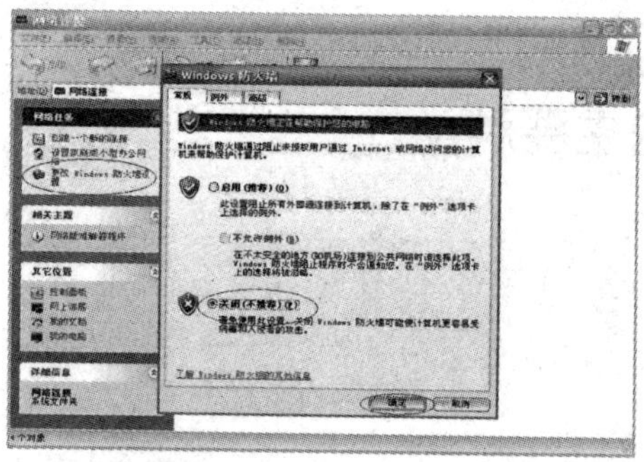

◆Windows 防火墙

将所有跨越防火墙的网络通信链路分为两段。防火墙内外计算机系统间应用层的“链接”有两个终止代理服务器上的“链接”来实现，外部计算机的网络链路只能到达代理服务器，从而起到了隔离防火墙内外计算机系统的作用。

3. 状态监视防火墙

状态监视器作为防火墙技术其安全特性最佳，它采用了一个在网关上执行网络安全策略的软件引擎，称之为检测模块。检测模块在不影响网络正常工作的前提下，采用抽取相关数据的方法对网络通信的各层实施监测。状态监视器抽取部分数据，即信息状态，并动态地保存起来作为以后制定安全决策的参考。当用户访问到达网关的操作系统前，状态监视器要抽取有关数据进行分析，结合网络配置和安全规定做出接纳、拒绝或给该通信加密等决定。一旦某个访问违反了安全规定，安全警报器就会拒绝该访问，并作下记录向系统管理器报告网络状态。

你知道吗？

1. 防火墙有哪几种配置？

2. 防火墙的工作原理是怎样的？

3. 你知道防火墙的发展史吗？

4. 三种防火墙有哪些区别和联系，我们日常生活中要怎样来选择合适的防火墙来保护我们的网络安全？

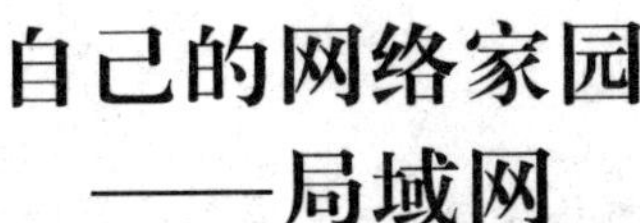

自己的网络家园
——局域网

什么是局域网?

局域网（Local Area Network，LAN）是指在某一区域内由多台计算机互联成的计算机组。局域网的迅速发展，在信息管理与服务领域得到了广泛的应用。局域网可以实现文件管理、应用软件共享、打印机共享、工作组内的日程安排、电子邮件和传真通信服务等功能。局域网是封闭型的，可以由办公室内的两台计算机组成，也可以由一个公司内的上千台计算机组成。现在局域网的应用很广泛，大学生经常使用的校园网，教师授课的计算机教室，提供大众娱乐的网络中心等，都实现了局域网的应用。其实，局域网就在我们身边，我们也能实现同宿舍同学的局域网连接。你

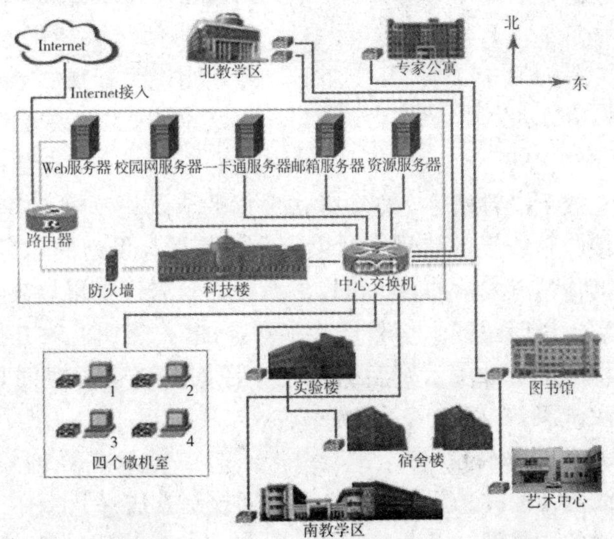

◆学校局域网

知道怎么建立简单的局域网吗？那就了解一些局域网的知识吧……

小书屋

局域网是最基本的网络连接方式，是较小范围的计算机的互联，通常用于机房、网吧、企业、校园等。

共享介质局域网的工作原理

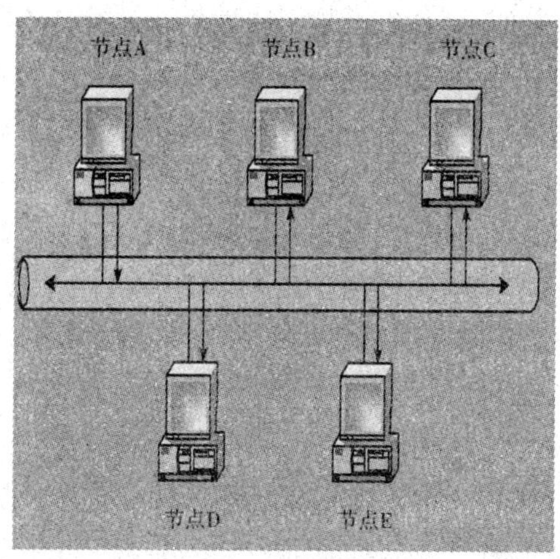

◆以太网工作原理

1. 采用（CSMA/CD）介质访问控制方法

以太网是一种采用了带有冲突检测的载波侦听多路访问控制方法（CSMA/CD），且具有总线型拓扑结构的局域网。

其具体的工作方法为：每个要发送信息数据的节点先接收总线上的信号，如果总线上有信号，则说明有别的节点在发送数据（总线忙），要等别的节点发送完毕后，本节点才能开始发送数据；如果总线上没有信号，则要发送数据的节点先发出一串信号，在发送的同时也接收总线上的信号，如果接收的信号与发送的信号完全一致，说明没有和其他站点发生冲突，可以继续发送信号。如果接收的信号和发送信号不一致，说明总线上信号产生了“叠加”，表明此时其他节点也开始发送信号，产生了冲突。则暂时停止一段时间（这段时间是随机的），再进行下一次试探。

2. 令牌总线工作原理

令牌总线网是一种采用了令牌介质访问控制方法（Token），且具有总线型拓扑结构的局域网。

它的工作原理为：具有发送信息要求的节点必须持有令牌（令牌是一

个特殊结构的帧），当令牌传到某一个节点后，如果该节点没有要发送的信息，就把令牌按顺序传到下一个节点，如果该节点需要发送信息，可以在令牌持有的最大时间内发送自己的一个帧或多个数据帧，信息发送完毕或者到达持有令牌最大时间时，节点都必须交出令牌，把令牌传送到下一个节点。

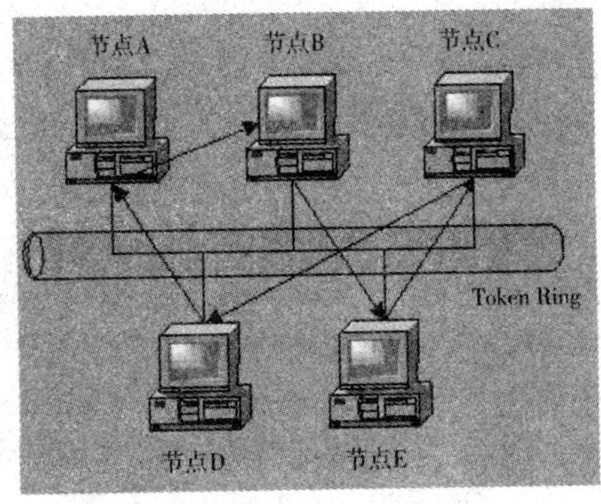

◆令牌总线网的工作原理

知 识 窗

令牌总线方法比较复杂，需完成大量环维护工作，包括环初始化、新节点加入环、从环中撤出、环恢复优先级服务。

知识链接

令牌总线网在物理拓扑上是总线型的，在令牌传递上是环型的。在令牌总线网中，每个节点都要有本节点的地址（TS），以便接收其他站点传来的令牌，同时，每个节点必须知道它的上一个节点（PS）和下一个节点的地址（NS），以便令牌的传递能够形成一个逻辑环型。

3. 令牌环的工作原理

令牌环网在拓扑结构上是环型的，在令牌传递逻辑上也是环型的，在网络正常工作时，令牌按某一方向沿着环路经过环路中的各个节点单方向传递。握有令牌的站点具有发送数据的权力，当它发送完所有数据或者持有令牌到达最大时间时，就要交出令牌。

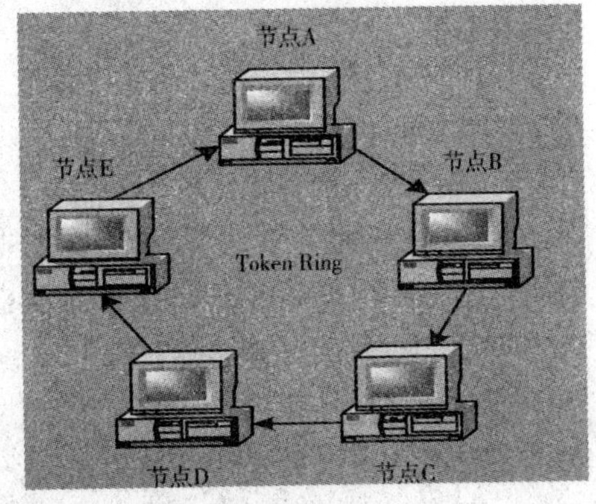

◆令牌环网的工作原理

链接——如何在局域网内实现打印机共享

想要共享，电脑必须是在一个局域网内，有固定的 IP 地址。

1. 首先点“开始”“设置”“打印机和传真”进入到打印机界面。在你要共享的打印机上点鼠标右键，点“共享”确定。

2. 点“开始”“运行”输入 cmd 回车，在弹出的窗口里输入 ipconfig 查看 IP address 项数字地址，记录下来，关闭窗口。

3. 然后到另一台电脑上，点“开始”“运行”输入\刚才记录的 IP 地址（前面的二个反斜杠不要忘记），回车。这时在弹出的窗口里就可以看到你刚才共享的那台打印机了。右键点此打印机的属性，点“连接”，成功后就会在电脑中生成一台共享的打印机。

需要注意的是，有的电脑有防火墙和一些杀毒软件，会屏蔽访问，所以最好把防火墙之类关了再连接。

局域网的组网方法

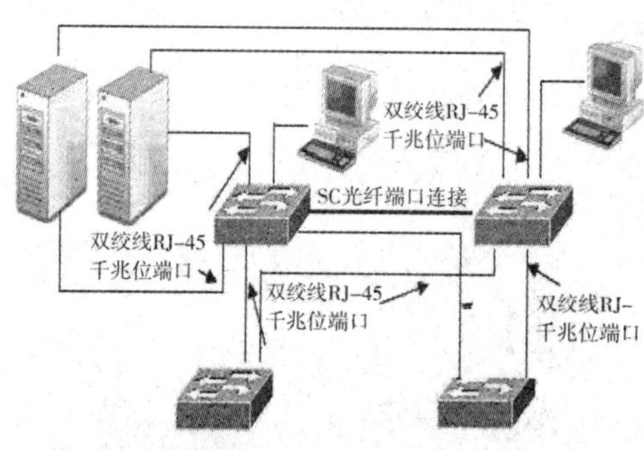

◆双绞线级联结构

双绞线一般用于星型网络的布线，每条双绞线通过两端安装的 RJ－45 连接器（俗称水晶头）将各种网络设备连接起来。双绞线的标准接法不是随便规定的，目的是保证线缆接头布局的对称性，这样就可以使接头内线缆之间的干扰相互抵消。

超五类线和六类线是网络布线最常用的网线，分屏蔽和非屏蔽两种。如果是室外使用，屏蔽线要好些，在室内一般用非屏蔽五类线就够了，而由于不带屏蔽层，线缆会相对柔软些，但其连接方法都是一样的。一般的超五类线里都有四对绞在一起的细线，并用不同的颜色标明。

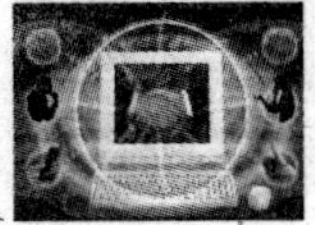

链接——局域网的应用

局域网还有这些应用:

高速上网——利用宽带IP网频带宽、速度快的特点，用户可以快速访问Internet及享受一切相关的互联网服务（包括WWW、电子邮件、新闻组、BBS、互联网导航、信息搜索、远程文件传送等），端口速度达到10M以上。

互动游戏——“互动游戏网”可以让您享受到Internet网上游戏和局域网游戏相结合的全新游戏体验。通过宽带网，即使是相隔一百千米的同城网友，也可以不计流量地相约玩三维联网游戏。

VOD视频点播——让你坐在家里利用WEB浏览器随心所欲地点播自己爱看的节目，包括电影精品、流行的电视剧，还有视频新闻、体育节目、戏曲歌舞、MTV、卡拉OK等。

网络电视（NETTV）——突破传统的电视模式，跨越时间和空间的约束，在网上实现无限频道的电视收视。通过WEB浏览器的方式直接从网上收看电视节目，克服了现有电视频道受地区及气候等多种因素约束的弊病，而且有利于进行一种新型交互式电视剧种“网络电视剧”的制作和播放。

远程医疗——采用先进的数字处理技术和宽带通信技术，医务人员为远在几百千米或几千千米之外的病人进行诊断和治疗，远程医疗是随着宽带多媒体通信的兴起而发展起来的一种新的医疗手段。

远程会议——异地开会不用出差，也不用出门，在高速信息网络上的视频会议系统中，“天涯若比邻”的感觉得到了最完美的诠释。

看不见的战斗
——网络安全与防病毒技术

几乎无一例外，当今的商业计算机网络都易于受到攻击，安全成为最常谈到的网络话题。资源共享和安全历来是一对矛盾，在计算机网络更是如此。一方面，计算机网络分布范围广泛，采用了开放式体系结构，提供了资源的共享性，提高了系统的可靠性，通过网络人们可以协同工作，提高了工作效率；另一方面，也正是这些特点增加了网络安全的脆弱性和复杂性，网络上的敏感信息和保密数据 受到各种各样主动的、被动的人为攻击，如信息泄露、信息窃取、数据篡改、数据增删及计算机病毒感染等。随着计算机资源共享的进一步加强，随之而来的网络安全问题也日益突出。

什么是网络安全？

随着计算机工作形式由各自独立工作方式向互联合作方式发展，安全问题也从单个计算机延伸到了计算机网络。信息化社会对信息交换和共享需求的快速增长，使计算机网络得到了迅速地发展，广泛应用于社会的各个领域。每天都有大量的商业活动与大笔资金通过计算机网络在世界各地快速地流通，这对世界经济的发展产生了重要的、积极的影响。但由于计算机网络分布的广域性、网络体系结构的开放性、网络信息资源的共享性和网络信息的公用性，为各种威胁提供了可乘之机，使计算机网络的安全面临着前所未有的挑战。

计算机网络安全是指网络系统中用户共享的软件、硬件等各种资源的安全，以及防止各种资源受到有意或无意的破坏，被非法侵入等。

小博士

网络安全面临的主要威胁

计算机网络系统的安全威胁来自多方面，可以分为主动攻击和被动攻击两类。被动攻击不修改信息内容，如偷听、监视、非法查询、非法调用信息；主动攻击则破坏数据的完整性，删除、冒充合法数据或制造假的数据进行欺骗，甚至干扰整个系统的正常运行。一般认为，黑客攻击、计算机病毒和拒绝服务攻击是计算机网络系统受到的主要威胁。

网络黑客知多少？

说起黑客，人们常有一种神秘感，黑客这个名词是由英文“hacker”音译过来的。黑客一般指的是计算机网络的非法入侵者，他们大都是程序员，对计算机技术和网络技术非常精通，了解系统漏洞及其原因所在，喜欢非法闯入并以此作为一种智力挑战而沉醉其中。有些黑客仅仅是为了验证自己的能力而非法闯入，并不会对信息系统或网络系统产生破坏作用，但也有很多黑客非法闯入是为了窃取机密的信息、盗用系统资源或出于报复心理而恶意毁坏某个信息系统等。为了尽可能地避免受到黑客的攻击，有必要先了解黑客常用的攻击手段和方法，然后才能有针对性地进行预防。

◆遭遇黑客攻击

黑客的攻击步骤

黑客在发动攻击目标之前需要了解目标的网络结构，收集各种目标系统的信息等。网络上有许多主机，黑客首先要寻找相应的站点，获得IP地址，找到目标主机。接下来，黑客就会设法了解其所在的网络结构：哪里是网关路由，哪里有防火墙，哪些主机与要攻击的目标主机关系密切等。黑客会对网络上的每台主机进行全面地系统分析，以寻求该主机的安全漏

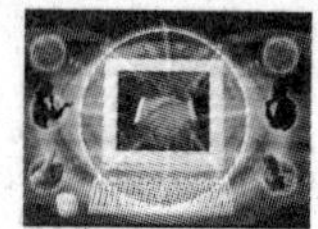

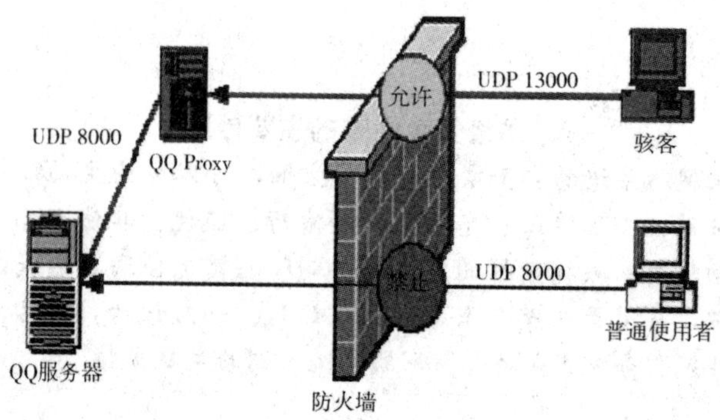

◆黑客（骇客）利用 QQ Proxy 绕过访问限制

洞或安全弱点。最后实施攻击，并在目标系统中建立新的安全漏洞或后门，然后在目标系统中安装探测器软件，进一步发现目标系统的信任等级，以展开对整个系统的攻击。

链接——黑客常用的攻击手段

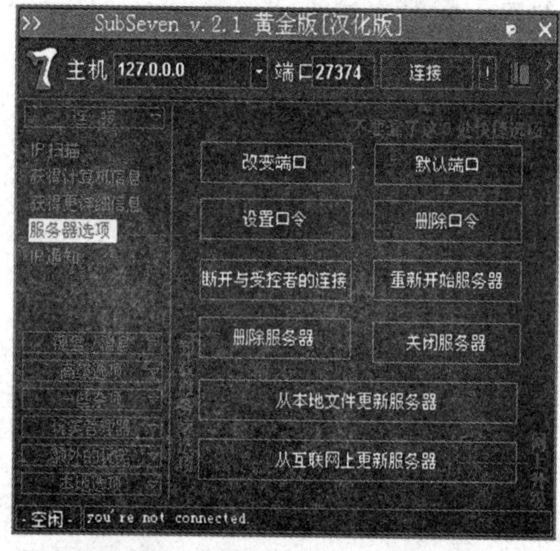

◆常见的一种木马程序

网络扫描：在 Internet 上进行广泛搜索，以找出特定计算机或软件中的弱点。

网络嗅探程序：偷偷查看通过 Internet 的数据包，以捕获口令或全部内容，通过安装侦听器程序来监视网络数据流，从而获取连接网络系统时用户键入的用户名和密码。

拒绝服务：通过反复向某个 Web 站点的设备发送过多的信息请求，黑客可以有效地堵塞该站点上的系统，导致无法完成应有的网络服务项目，称为“拒绝服务”问题。

欺骗用户：伪造电子邮件地址或 Web 页地址，从用户处骗得密码、信用卡号码等。

特洛伊木马：一种用户察觉不到的程序，其中含有可利用一些软件中已知弱点的指令。

防止黑客攻击的策略

1. 数据加密

对重要的数据和文件进行加密传输，即使被黑客截获了一般也无法得到正确的信息。

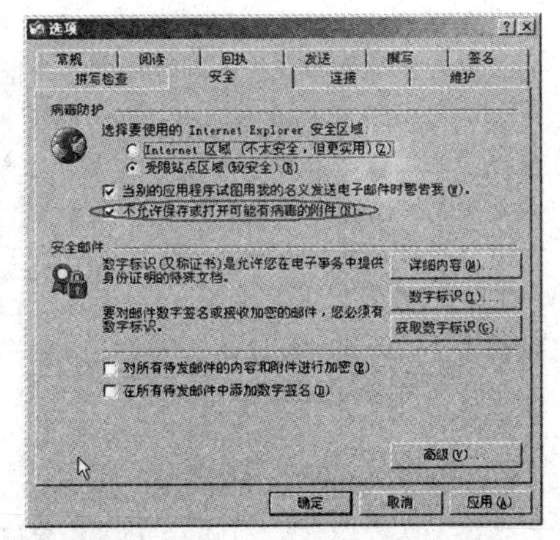

◆设置 IE

2. 身份认证

通过密码、指纹、面部特征（照片）或视网膜图案等特征信息来确认用户身份的真实性，只对确认了的用户给予相应的访问权限。

3. 访问控制

系统应当设置入网访问权限、网络共享资源的访问权限、目录安全等级控制、防火墙的安全控制等，只有通过各种安全机制的互相配合，才能最大限度地保护系统免遭黑客的攻击。

4. 端口保护

只有真正需要的时候才打开端口，不为未识别的程序打开端口，端口不需要时立即将其关闭，不需要上网时最好断开网络连接。

1. 你还能不能说出其他防止黑客攻击的策略和措施？
2. 你知道黑客最早起源于哪里吗？
3. 你知道如何防范黑客的攻击吗？

链接——历史著名的黑客事件

1988年，凯文·米特尼克被执法当局逮捕，原因是：DEC指控他从公司网络上盗取了价值100万美元的软件，并造成了400万美元损失。

1995年，来自俄罗斯的黑客弗拉季米尔·列宁在互联网上演了精彩的偷天换日，他是历史上第一个通过入侵银行电脑系统来获利的黑客。1995年，他侵入美国花旗银行并盗走一千万，他于1995年在英国被国际刑警逮捕，之后，他把帐户里的钱转移至美国、芬兰、荷兰、德国、爱尔兰等地。

1999年，梅利莎病毒（Melissa）使世界上300多家公司的电脑系统崩溃，该病毒造成的损失接近4亿美金，它是首个具有全球破坏力的病毒，该病毒的编写者戴维·斯密斯在编写此病毒的时候年仅30岁。戴维·斯密斯被判处5年徒刑。

2007年，中国一名网名为The Silent’s（折羽鸿鹄）的黑客在6月至11月成功侵入包括CCTV、163、TOM等中国大型门户网站服务器。

2009年7月7日，韩国遭受有史以来最猛烈的一次网络攻击。韩国总统府、国会、国情院和国防部等国家机关，以及金融界、媒体和防火墙企业网站遭到了攻击。9日韩国国家情报院和国民银行网站无法访问。韩国国会、国防部、外交通商部等机构的网站一度无法打开！这是韩国遭遇的有史以来最强的一次黑客攻击。

网络防病毒技术

◆电脑病毒

计算机病毒一直在困扰着我们每一个计算机用户，中毒后会出现诸如数据破坏、程序功能出现异常、上网速度慢等现象。病毒到底是什么东西？有什么特点？有哪些预防措施呢？计算机感染了病毒以后又如何找到病毒的蛛丝马迹，并将病毒从自己的计算机上彻底清除，这是每一个计算机用

户都非常关心和迫切想要了解的。

什么是计算机病毒

计算机病毒（Computer Virus）在《中华人民共和国计算机信息系统安全保护条例》中被明确定义，病毒指“编制或者在计算机程序中插入的破坏计算机功能或者破坏数据，影响计算机使用并且能够自我复制的一组计算机指令或者程序代码”。而在我们常用的资料中被定义为：利用计算机软件与硬件的缺陷，由被感染机内部发出的破坏计算机数据并影响计算机正常工作的一组指令集或程序代码。计算机病毒最早出现在20世纪70年代David Gerrold科幻小说When H. A. R. L. I. E. was One. 最早科学定义出现在1983年Fred Cohen（南加大）的博士论文“计算机病毒实验”“一种能把自己（或经演变）注入其他程序的计算机程序”。启动区病毒宏（Macro）病毒，脚本（Script）病毒本质也是相同的，传播机制同生物病毒类似。

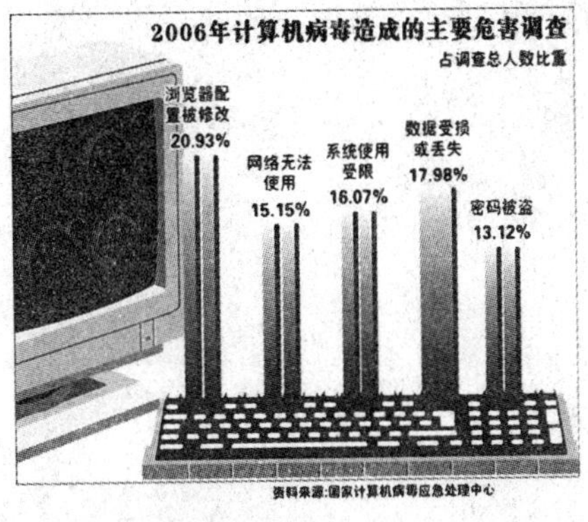

◆计算机病毒的危害

◆熊猫烧香

小贴士——计算机病毒具有何种特征？

1. 寄生性

计算机病毒寄生在其他程序之中，当执行这个程序时，病毒就起破坏作用，而在未启动这个程序之前，它是不易被人发觉的。

2. 破坏性

这是绝大多数病毒最主要的特点，病毒的制作者一般将病毒作为破坏他人计

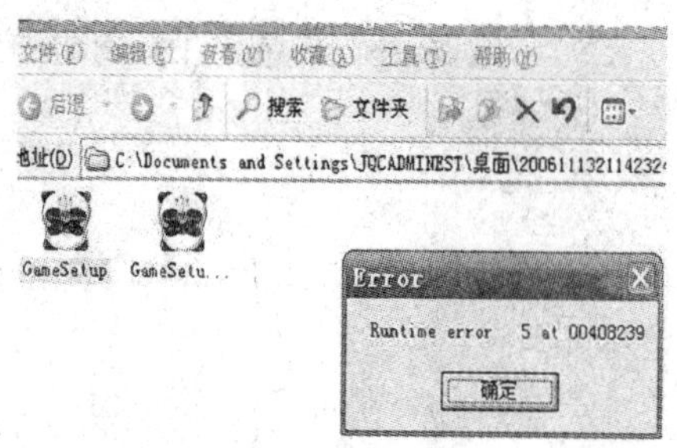

◆破坏性计算机病毒

◆QQKav 查杀 QQ 尾巴蠕虫病毒

算机或计算机中存放的重要数据和文件的一种工具和手段，在网络时代则通过病毒阻塞网络，导致网络服务中断甚至整个网络系统瘫痪。

3. 传染性

计算机病毒不但本身具有破坏性，更有害的是具有传染性，一旦病毒被复制或产生变种，其速度之快令人难以预防。

计算机病毒一般都具有自我复制功能，并能将自身不断复制到其他文件内，达到不断扩散的目的，尤其在网络时代，更是通过 Internet 中网页的浏览和电子邮件的收发而迅速传播。

4. 隐蔽性

计算机病毒具有很强的隐蔽性，有的可以通过病毒软件检查出来，有的根本就查不出来，有的时隐时现、变化无常，这类病毒处理起来通常很困难。

5. 潜伏性

有些病毒像定时炸弹一样，让它什么时间发作是预先设计好的。比如黑色星期五病毒，不到预定时间一点都觉察不出来，等到条件具备的时候一下子就爆炸开来，对系统进行破坏。

6. 可触发性

病毒因某个事件或数值的出现，诱使病毒实施感染或进行攻击的特性称为可触发性。为了隐蔽自己，病毒必须潜伏，少做动作。如果完全不动，一直潜伏的话，病毒既不能感染也不能进行破坏，便失去了杀伤力。病毒既要隐蔽又要维持杀伤力，它必须具有可触发性。

计算机病毒的分类

在网络环境下，病毒主要通过计算机网络来传播，病毒程序一般利用了操作系统中存在的漏洞，通过电子邮件附件和恶意网页浏览等方式来传播。这里我们将病毒分为两大类：

1. 传统单机病毒

根据病毒的寄生方式的不同，传统单机病毒又分为以下 3 种主要类型：

①引导型病毒

引导型病毒感染软盘的引导扇区（0 面 0 磁道第 1 个扇区）和硬盘的主引导记录（0 柱面磁道第 1 个扇区）或引导扇区，用病毒的全部或部分逻辑取代正常的引导记录，而将正常的引导记录隐藏在磁盘的其他地方，这样系统一启动，病毒就获得了控制权。

◆各种各样的病毒

②文件型病毒

通过文件系统进行感染的病毒称作文件型病毒。文件型病毒一般感染可执行文件（EXE、COM、OVL、DLL、VXD、和 SYS 文件等），病毒寄生在可执行程序体内，只要程序被执行，病毒也就被激活。有一些文件型病毒可以感染高级语言程序的源代码、开发库和编译生成中间代码。

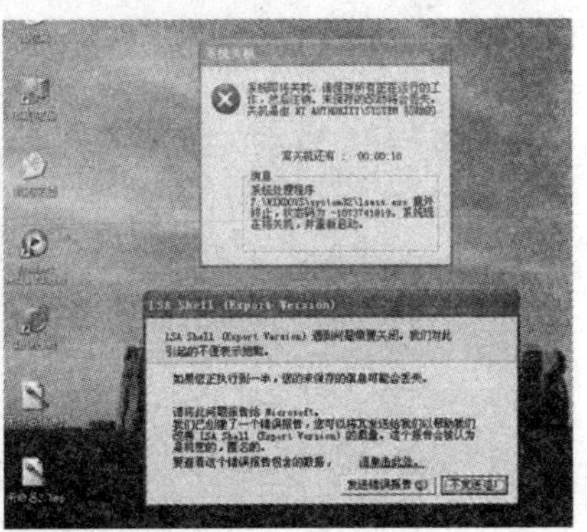

◆计算机病毒

③宏病毒

宏病毒其实也是一种文件型病毒，与一般的稳健型病毒不同的是，宏病毒使用宏语言编写，一般存在于 Office 文档中，利用宏语言的功能将自己复制并且繁殖到其他 Office 文档里。

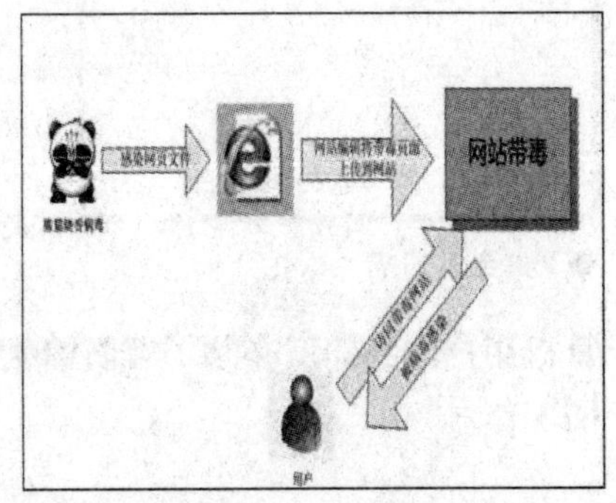

◆病毒感染路径

2. 现代网络病毒

根据网络病毒破坏性质不同，一般将其分为以下两大类：

①蠕虫病毒

◆QQ 蠕虫病毒

蠕虫病毒是一种通过网络进行传播的恶性病毒，具有一般病毒的传染性、隐蔽性和破坏性等特点。蠕虫病毒实质上是一种计算机程序，能够通过网络链接不断传播自身的副本（或蠕虫病毒的某些部分）到其他的计算机，这样不仅消耗了大量的本机资源，而且占用了大量的网络带宽，导致网络堵塞而使网络服务被拒绝，最终造成整个网络系统瘫痪。

②木马病毒

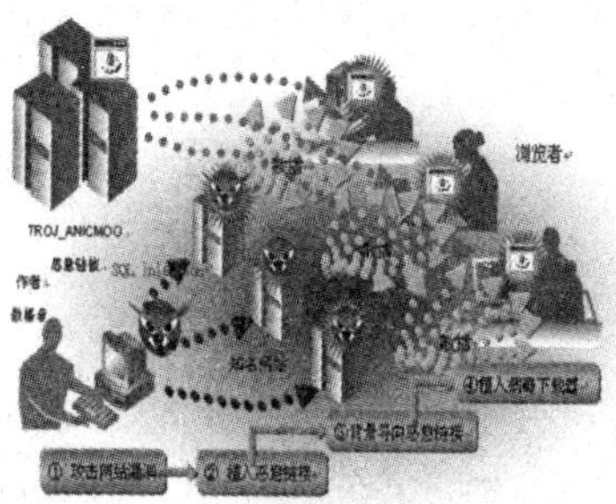

◆木马病毒

木马病毒实质上是一段计算机程序，木马程序由两部分组成，客户端（一般由黑客控制）和服务器端（隐藏在感染了木马的用户计算机上），服务器端的木马程序会在用户计算机上打开一个或多个端口与客户进行通信，这样黑客就可以窃取用户计算机上的账号和密码等机密信息，甚至可以远程控制用户的计算机，如删除文件、修改注册表、更改系统配置等。

◆360 全盘扫描

计算机病毒的防治

现在计算机病毒已经泛滥成灾，几乎无孔不入，对我们的网络构成的威胁也越来越大了，并且在网络中的传播速度也越来越快，其破坏性越来越强。因此作为计算机用户的我们就必须了解防治病毒的方法和手段，关键还是在于做好预防工作。

计算机病毒的清除

如果计算机感染了病毒，病毒发作以后一般会出现一些异常现象，例如：

1. 计算机响应速度明显变慢。

2. 某些软件不能正常使用。

3. 浏览器中输入的访问地址被重定向到其他网站，浏览网页时不断弹出某些窗口。

4. 文件操作出现异常（文件被破坏打不开、文件不允许删除等）。

◆360 病毒查杀

5. 不能正常使用某些设备（键盘按键紊乱等）。

6. 计算机出现异常（莫名其妙地死机或不断重启）。

1. 什么是蠕虫病毒？和普通病毒相比它有什么特点？
2. 你知道如何清除蠕虫病毒吗？
3. 蠕虫病毒是如何传播的？
4. 常见的蠕虫病毒有哪些？能举出几个例子吗？

万 花 筒

最常见的防毒软件有以下几种：瑞星杀毒软件、金山毒霸、360 杀毒、诺顿网络安全特警、卡巴斯基等。卡巴斯基更是 2010 年世界排名第一的杀毒软件哦！面对病毒、木马，毫不留情！

链接——计算机病毒的预防

1. 打补丁，定期更新操作系统和安装相应的补丁程序。
2. 安装杀毒软件。
3. 安装防火墙。
4. 想办法切断病毒的入侵途径：

不安装不清楚插件来源的程序；
不要运行来历不明的程序；
不要随便点击那些具有诱惑性的恶意网页；
不随便点击聊天软件发送来的超级链接；
尽量不要使用U盘的自动打开功能；
关闭局域网下不必要的文件夹共享功能，防止病毒通过局域网传播；
不要随意使用盗版游戏软件。

清除病毒的方法

1. 使用杀毒软件：
   金山毒霸（http：//www. duba. net）
   瑞星杀毒软件（http：//www. ruising. com. cn）
   诺顿防毒软件（http：//symantec. com）
   江民杀毒软件（http：//jiangmin. com. cn）
2. 使用专杀工具；
3. 手动清除病毒（清除病毒代码）。

动手做一做

实验步骤：

1. 打开防毒软件（以360杀毒为例进行说明）。
2. 单击全盘扫描。
3. 对我的电脑，进行全面扫描，杀木马程序。

一定要动手做一做啊！会有很大收获的！

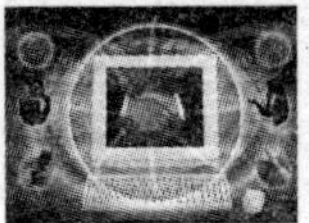

1. 你还知道其他清除病毒的方法吗?
2. 你知道我们目前有哪些种类的病毒吗?
3. 想一想病毒的传播机制是怎样的?
4. 你知道网页病毒吗?它在我们的网络中又是怎样传播的呢?

风波再起

——网络新视界

随着现代科技的发展，单一的一种网络已经不能很好地满足现代人的通信需求了，这就需要我们寻求一种更强的通信网络，或者寻求更先进的网络技术，适应时代的发展。

在网络的发展历程中，绝大部分网络技术正在逐步完善和迅速发展，当然也有一些新兴的网络技术逐渐渗入我们的日常生活，成为一股新兴的力量，大有一发不可收之势。

这其中既有发展时间较长，技术较为完善的虚拟硬盘、虚拟社区等内容，也有像超大附件、家庭网络、多网合一等刚刚诞生或者即将得到迅速发展的内容，这些内容正在不断丰富着我们的网络知识，拓展着我们的网络视野，假以时日，必将会有更多的新技术新内容诞生。

下面我们简单的介绍一些网络方面的新知识。

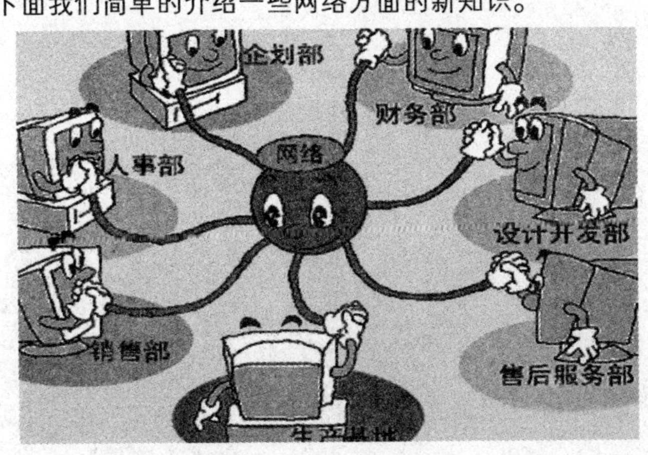

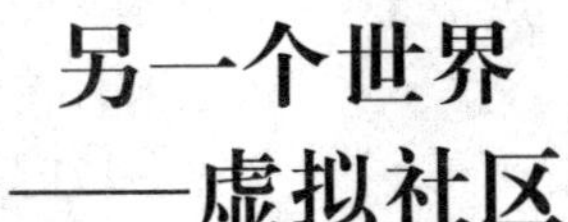

另一个世界
——虚拟社区

虚拟社区的概念是传统社区概念的拓展。

虚拟社区（Virtual Community），台湾学者将其翻译为“虚拟社群”，也被称为（Online Community）。

链接——什么是“社区”

在现代社会学中，社区的定义有上百种，但基本上可以这样说，社区是指地区性的生活共同体。一般来讲，人们在社会生活中，不仅结成一定的社会关系，而且总离不开一定的地域条件。人们会在一定的地域内形成一个个区域性的生活共同体，整个社会就是由这些大大小小的地区性生活共同体结合而成的。这种聚居在一定地域范围内的人们所组成的社会生活共同体，在社会学上称为“社区”。

构成一个社区，应包括以下 5 个基本要素：

（1）一定数量的社区人口；　（2）一定范围的地域空间；

（3）一定类型的社区活动；　（4）一定规模的社区设施；

（5）一定特征的社区文化。

从字面上来看，“虚拟社区”＝“虚拟”＋“社区”。虚拟，指的是通过非面对面的通讯，特指借助计算机网络而进行的通讯。社区指的是一定数量的人群在共同的空间内，借助特定的设施，通过互动交流形成的具有相对独立的文化形式和一定稳定结构的人类组织。社区一词包含两层含义：第一层含义指人们进行交互的“场所”，结合“虚拟”二字，是指计算机和通讯技术创造传来的虚拟空间；第二层含义指在虚拟社区中活动的人和他们之间的交互行为，是非物质的东西。

◆天涯虚拟社区首页版面

虚拟社区通俗地来说就是互联网使用者互动后，产生的一种社会群体。Rheingold 认为虚拟社群是一群人在网络上从事公众讨论，经过一段时间，彼此拥有足够的情感后所形成人际关系的网络。Rheingold（2000）认为虚拟社群是一种新型的社会组织，并有以下四种特质：1. 表达的自由；2. 缺乏集中的控制；3. 多对多的传播；4. 成员出于自愿的行为。

虚拟社区的形式包括了早期的电子布告栏、讨论区、MUD，或是近期才出现的维基百科。虚拟社区的林立、透过社区成员彼此的分享与共创，使得人人皆可在网络媒体发声。

在虚拟社区中人们通过互联网技术，在网上聚众，发表文章、日志、相片、视频等，互相影响着现实生活中人们的思想、意识、文化等等。

链接——儿童虚拟社区

儿童虚拟社区“摩尔庄园”缔造者——上海淘米公司的 CEO、不到 30 岁的汪海兵也是众多小摩尔中的一员，不同的是，他在一年前就预言，网络正在继电视之后，成为吸引儿童注意力的新媒体，并开发了适合儿童的网络软件、设法创立了儿童虚拟社区“摩尔庄园”。在中国，类似摩尔庄园这样的儿童虚拟社区已经有十多家。而在全球，有超过 150 家虚拟社区网站把目光投向了这些 14 岁以下的“吞世代”们。六一儿童节也是这家中国最大的儿童虚拟社区的生日，届时它就上线一年了。现在，已有近 2000 万与 10 岁淘淘年龄相仿的小朋友在这个虚拟世界里生活，他们有一个共同的名字叫“小鼹鼠摩尔”。

在网上，虚拟社区也是一个社会组织网络。有的网友上网，追求的是无限制的生活。不过，虚拟社区也存在着等级，有管理人及新人，有主人（OWNER）及访问者（GUEST），前者有权取舍网上资讯，当把关人；而

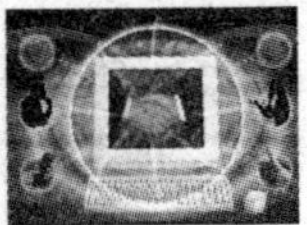

后者有“服从”或“转台”他去的自由。

所以，由上可以看出虚拟社区与现实社区一样，也包含了一定的场所、一定的人群、相应的组织、社区成员参与和一些相同的兴趣、文化等特质，现实社区的五个要素它也包括。而最重要的一点是，虚拟社区与现实社区一样，提供各种交流信息的手段，如讨论、通信、聊天等，使社区居民得以互动。但同时，它具有自己独特的属性：

1. 虚拟社区的交往具有超时空性

通过网络，人们之间的交流不再受地域的限制，现在只要你有一台计算机，一条电话线，不需要任何线路你都可以和世界上任何地方的人畅所欲言了。而且虽然电话也有这样的功能，但是在虚拟社区交流的成本是远远小于电话的。有人计算过，在虚拟社区中聊一个小时是打国际长途侃一个小时的经济成本的千分之一，网络的优势可想而知。在虚拟社区中交流同时也不受时间的限制，比如说，你今天发一个帖子，不一定会有人回复，但几天以后也许就会有人回复。这种便利和成本，电话是无法与之相媲美的。

◆QQ 聊天室

◆BBS 论坛

本分类投票TOP10

1	北京八维研修学院	1760
2	北大青鸟IT教育	1675
3	新华电脑	1346
4	清华万博	1074
5	中国计算机函授学	1070
6	东方标准	1044
7	华育国际	1008
8	文达电脑专修学院	892
9	达内IT培训集团	870
10	索迪教育	815

◆网络投票

2. 人际互动具有匿名性和彻底的符号性

在虚拟社区里，网民以 ID 号标识自己。ID 号依个人的心意随意而定。同时，由于互相不能看到对方的本来面目，所以交流面扩大，传统的性别，年龄，相貌等在虚拟社区里可以随意更改，这就是人际交流的匿名性和符号性。

3. 人际关系较为松散，社区群体流动频繁

社区的活力主要靠“人气”和点击率，吸引这些的主要是看社区的主题是否适合大众口味。

4. 自由，平等，民主，自治和共享是虚拟社区的基本准则

这个特点其实和人际互动具有匿名性有关，在这里，传统的上下级被“斑竹”代替，只要你不违反论坛条例，你什么都可以说，俗称“灌水”。

要想成为虚拟社区的一员，“门槛很低”。一般的情况下，要使用社区提供的各项功能服务，必须在线注册。基本流程是，首先注册人阅读联网有关法规及社区服务条款款，并提交同意申请；社区管理系统询问注册人的一些情况，如姓名、性别、年龄、身份证号码、职业等等。注册人必须如实填写，系统能够进行验证。然后再取一个账号名并设定密码，整个注册过程就基本完成。一旦注册成功，便成为社区的合法居民。社区居民拥有唯一的帐号，这个帐号就是他在虚拟社区中的通行证，是社区居民相互辨别的唯一标志。

在社区中“生活”，居民必须遵守社区的各项规章制度和行为准则，否则将被社区管理员开除或者被封话语权。社区（主要是 BBS）主要有以下功能：

1. 聊天服务。虚拟社区为居民提供了两种实时交互的聊天服务，聊天时除了用文字表达以外，系统还预设了丰富的表情和动作供调用（有些还能用语音、视频等进行实时交谈）。

聊天的第一种方式是聊天广场，任何人都可以自由出入，谈话的内容也不受限制。

第二种方式是聊天室，聊天室的开设者是这个房间的主人，他可以控制谈话的内容，也可以对聊天的人进行取舍。

2. 社区通信。社区为每一个居民都提供了电子信箱，居民可以使用该信箱收发邮件，相互通信，有利于非同时在线时，居民的交流。有的大型

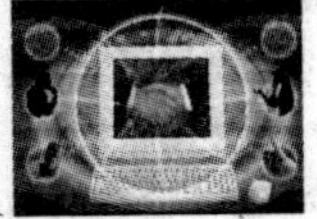

论坛提供手机短信发送功能，更方便了网民之间的交流。

◆游戏虚拟社区

3. 张贴讨论。这是虚拟社区最基本也是最主要的功能之一。居民可以在社区中主要以文字的形式自由地表达自己的思想，如提建议、讨论、提问、回答问题等，这些最终都以张贴文章（帖子）的形式出现。居民还可以在社区中转贴自己比较喜欢的小说、散文等。目前，国内的许多社区系统已经允许居民在帖子中加入文件上传、贴图、表情动作等功能。这样一来，帖子就变得丰富多彩，生动活泼。使得居民的交流更加有效。

4. 投票。居民在社区就某一问题发起投票或进行投票，从而对社区居民进行民意调查。同时居民在投票的过程中也张贴讨论，表明自己的观点。这种投票要比现实的投票透明、民主、公开，真实性大大增强，其结果也真实地反映了网民的偏好。

随着 IT 科技的进步以及显卡性能的大幅提升，虚拟社区已经逐步从 2D 演化到了 3D，用户通过下载客户端可以进入这些虚拟社区，在这些虚拟社区里，每个用户都有一个虚拟化身，用户完全可以在现实世界里一样进行面对面的交流、游戏甚至交易，极大地增强了网络虚拟社区的真实感和亲切感。

怎样判断是虚拟社区呢？

虚拟社区至少具有四个特性：1. 虚拟社区通过以计算机、移动电话等高科技通讯技术为媒介的沟通得以存在，从而排除了现实社区；2. 虚拟社区的互动具有群聚性，从而排除了两两互动的网络服务；3. 社区成员身份固定，从而排除了由不固定的人群组成的网络公共聊天室；4. 社区成员进入虚拟社区后，必须能感受到其他成员的存在。

链接——虚拟社区历史

1978年，在芝加哥地区的计算机交流会上，克瑞森和苏斯一见如故。两人经常在各方面进行合作。但两人并不住在一起，电话只能进行语言的交流，有些问题语言很难表达清楚，冬季的暴风雨又使他们不能每天都见面。因此，他们借助于当时刚上市的Hayes调制解调器（Modem）将两台苹果Ⅱ通过电话线连在一起，实现了世界上第一个“虚拟社区”，也就是由两个人组成的社区，他们可以互相通过计算机聊天、传送信息。他们把自己编写的程序命名为计算机公告牌系统（Computer Bulletin Board System）。这就是第一个虚拟社区———BBS系统的开始。

◆虚拟校园

早期的BBS利用调制解调器通过电话线拨到BBS的电话号码上，然后再通过一个阅读软件在BBS上可以阅读和发表自己的意见。当然内容并没有什么严格规定，当时以传递股市信息和讨论计算机游戏问题为多。

后来，BBS逐渐进入Internet，出现了以Internet为基础的BBS。1994年，国内首个Internet BBS站——曙光BBS站，在中国国家智能计算机研究开发中心诞生。Internet BBS不受线路限制，可让数百乃至上千个用户同时上线。同时上站的用户数大大增加，使多人之间的交流成为可能，BBS才成为真正的“虚拟社区”。后来很多大学BBS也是采取这种形式，最著名的可能就是1995年开站的清华大学的“水木清华”。

现在许多用户习惯的BBS可能都是基于web的BBS，只要链接到Internet上直接使用浏览器浏览就可以使用BBS，操作简单，速度快，没有用户限制，所以现在BBS发展的趋势也就是这个方向。

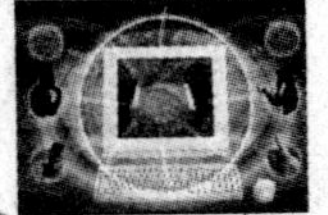

“高速路”上的大卡车
——文件中转站

我们常用的 E－mail 一般只能发 20M 或 30M 的附件，并且对方邮箱还有可能接收不了这么大的附件。而像几百兆的照片压缩包、设计图等，该如何让远方的朋友接收到呢？

◆超大邮件

超大附件的基本知识

目前，针对一些附件超过 20M 的传输需要，有一些邮箱利用中转站的大文件中转功能发送单个不超过 1G 或 2G 的若干超大附件（总计不超过中转站容量限制），并且可以不同邮箱之间互相发送，因为随邮件发出的是文件链接，不受对方邮箱大小限制。

提供这种中转功能的邮箱有 QQ 邮箱、163 邮箱和雅虎邮箱等。

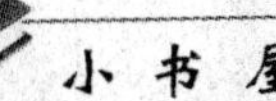

小书屋

超大附件不像普通附件那样是永远存在的，因为文件中需转站有着保存时间限制，以无限次续期——只要是用户认为需要长期保存的，只每隔一段时间进行续期，就可以一直保存下去。

链接——各种邮箱的附件

QQ 邮箱：腾讯公司在 2002 年推出了 QQ 邮箱，目前已为超过一亿的邮箱用户提供免费和增值邮箱服务，其中的超大附件最大能上传 1G 的附件。

163 邮箱：是中国最大的电子邮件服务商网易公司的经典之作，目前已拥有超过 2.3 亿的用户，是全球使用人数最多的中文邮箱。其中的超大附件能最大上传 2G 的附件。

雅虎邮箱：雅虎是全球最早从事电子邮件服务的互联网公司之一。雅虎邮箱从 1996 年开始，在全球范围内为用户提供电子邮箱服务。

QQ 邮箱的文件中转站

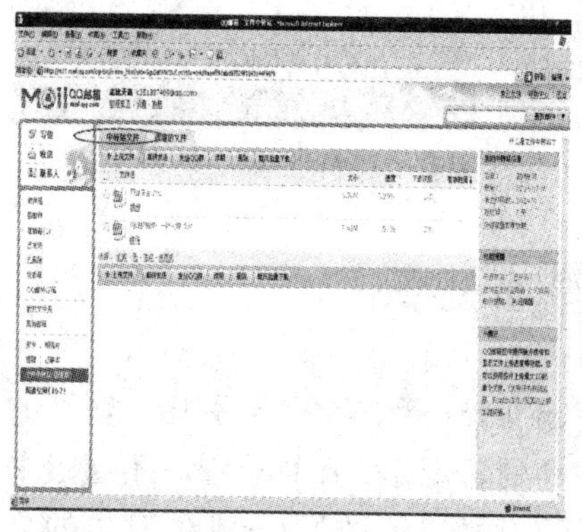

◆QQ 邮箱中的文件中转站

QQ 文件中转站是腾讯公司在 QQ 信箱里扩展的一项储存文件的功能，“文件中转站”提供大文件网络临时存储的服务，标准服务下，提供 2G 的存储容量（不占用邮箱容量），支持上传最大 1G 的文件，文件上传后保存 7 天。一般用户享有 2G 存储空间和 7 天的文件保存时间。QQ 会员根据等级，享有更高服务标准：6G 无限存储容量、保存时间 7—16 天。文件可以无限次续期——只要是您认为需要长期保存的，只需每隔一段时间进行续期，就可以一直保存下去。另外，在 2009 版以后的 QQ 网络硬盘里也有文件中转站（和邮箱中是同一个），普通用户有 1G 的存储量，保存时间 7 天。

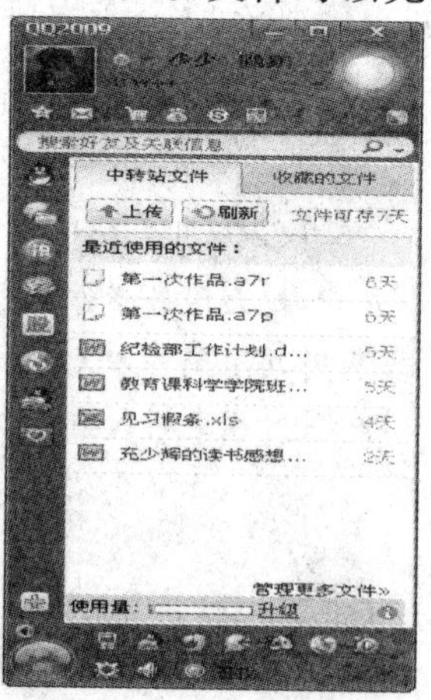

◆09 版 QQ 网络硬盘里的文件中转站

在多台电脑间中转文件（如在您的家用电脑和办公室的电脑间中转文件）；上传最大 1G 的文件，从而让邮件可以发送“超大临时附件”，解决传统邮件附件大小受限的问题。您可以在 QQ 邮箱左侧列表中查看“文件中转站”，或者在写邮件时点击“添加附件”旁边的下拉图标进行体验。腾讯免费提供的“文件中转站”容量为 2G，如果想增加，需要成为 VIP 会员。VIP6 为无限容量的“文件中转站”，可以存储视频文件。

如何使用 QQ 邮箱的文件中转站?

◆超大附件的添加

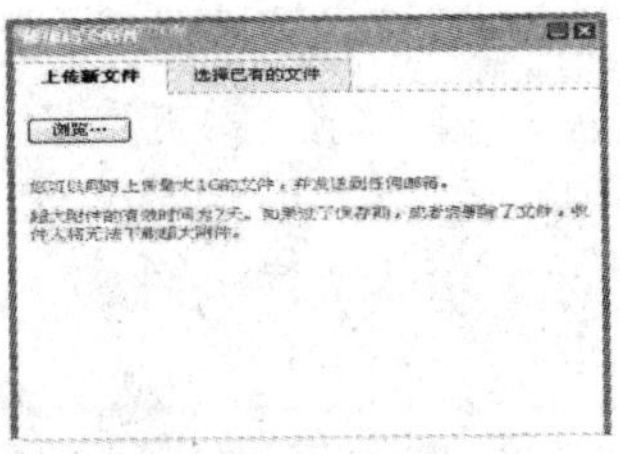

◆超大附件的上传

我们先打开 QQ 邮箱，点击“写信”选项，然后就会进入上图的界面，而后点击“超大附件”选项，如果你已经开通了超大附件功能，（超大附件功能是需要先进行激活，下载其安装程序，然后才能使用）那么就可以直接进行添加超大附件了。

然后点击“上传新文件”就可以添加计算机上或移动硬盘等存储设备上的超大附件了。

如何下载 QQ 邮箱的超大附件?

假如我们收到的信中有超大附件，我们要点击下载文件对应的“下载”链接，其界面如右图：

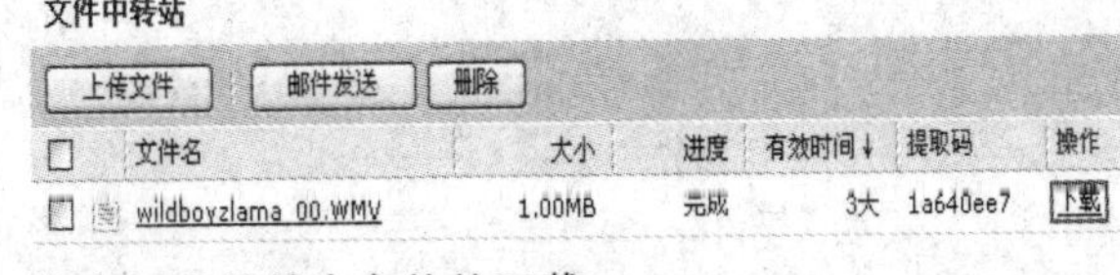

◆文件中转站中文件的下载

要注意在其菜单栏中有一个“有效时间”，它是指从对方发信开始，在此时间内可以下载，超过这个时间这个超大附件就不再存在了，而且，其有效时间也不尽相同，根据其等级或其他情况而有改变。

动手做一做

实验步骤：试试给你的qq好友发送一个200M左右的视频。

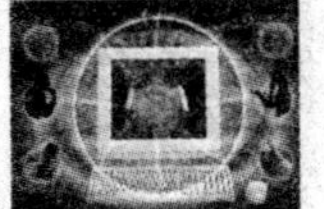

全家总动员
——家庭网络

◆数字化家庭网络

网络的出现是现代社会进步、科技发展的标志。现代意义上的文盲不再是指那些不识字的人，而是不懂电脑、脱离信息时代的人。在科学不发达的古代，人们曾幻想要足不出户，就知晓天下事，如今信息高速公路已将此幻想变为了现实。作为21世纪的现代人，难道还能只读圣贤书，而不闻天下事吗？上网的好处有许许多多，上网可以不断开阔我们的视野，扩大我们的交际圈……而家庭网络的广泛普及和应用，更为我们实现数字化网络生活搭建了良好的平台。

家庭网络的定义

家庭网络（Home Network）：指的是融合家庭控制网络和多媒体信息网络于一体的家庭信息化平台，是在家庭范围内实现信息设备、通信设备、娱乐设备、家用电器、自动化设备、照明设备、保安（监控）装置及水电气热表设备、家庭求助报警等设备互连和管理，以及数据和多媒体信息共享的系统。家庭网络系统构成了智能化家庭设备系统，提高了家庭生活、学习、工作、娱乐的品质，是数字化家庭的发展方向。

家庭网络的网络结构

在一个家庭网络中，接入的电脑数量是很少的，而且由于房间较小，布线长度较短。因此有两种常见的网络结构可以选择，即总线型和星型。

想一想 议一议

根据已经学习过的网络拓扑结构知识，结合总线型和星型结构的特点，议一议家庭网络一般比较适合选哪种网络结构？

家庭网络的类型

◆方便舒适的家庭网络

目前最流行的两种家庭网络类型是无线网络和以太网网络。无线网络，既包括允许用户建立远距离无线连接的全球语音和数据网络，也包括为近距离无线连接进行优化的红外线技术及射频技术，与有线网络的用途十分类似。

众所周知，无线移动应用正在全世界蓬勃发展。随着无线技术在日常生活中日益普及，人们越来越渴望在家中利用网络随时随地自由地工作、学习和娱乐。尤其是笔记本电脑使用的增加，人们也不满足仅仅坐在书房电脑台前上网，而希望可以在更舒适的地方，例如躺在床上或坐在客厅躺椅上，也能访问网络。而且，现今的很多家庭都拥有了两台甚至两台以上的电脑，这就需

> 无线网络主要分为：无线个人网、无线局域网、无线城域网等。

要在家庭环境中具备多个网络接入点。但是大部分家庭在最初装修布局时并未考虑到这一点。

通过在家中组建无线网络，就可以解决以上问题。在家中设立无线局域网（WLAN）既简单又省钱。人们能在各个房间自由走动，随时接入网络冲浪，而无需担心电缆和插头。用户能够真正“无线”自己的生活，感受前所未有的灵活性和自由性。

家庭无线网络的设置方法

在您的家中安装无线网络其实非常简单，只需几分钟便可搞定，而且费用也可承受。目前已有许多人利用家庭无线网络在家中各处上网、看电影、听音乐和打游戏。现在就立即安装自己的无线家庭网络，体验全新的移动生活吧！

◆无线网络生活

第一步：选择一家无线互联网服务提供商（ISP）。在确定选择服务提供商之前，您需要了解该提供商都提供哪类服务（按小时计费还是采用单一费率）。如果您已在使用某一 ISP 的有线连接服务，应确认一下该 ISP 的无线服务是否与无线宽带路由器捆绑提供。

如果您以前并未使用某一家 ISP 的服务，那么请购买一个 802.11b 无线宽带路由器。大多数路由器都能覆盖半径 30.5 米（100 英尺）的范围。

第二步：安装无线互联外围设备（PCI 卡）了。如果您使用的计算机有内置无线网卡，您就无需安装其他任何网卡了。

第三步：关闭宽带连接和计算机，拔下宽带线（称做以太网线缆），插入无线路由器背后的本地局域网（LAN）端口上，另一端仍连接在电脑上。

现在，在有线宽带调制解调器的以太网端口和无线宽带路由器的广域网端口间连接第二条以太网线缆。

第四步：打开调制解调器，等待状态指示灯指示连接到 ISP 上，这大概要 1 分钟的时间。接着插上无线宽带路由器，状态指示灯将开始闪烁，进行自检（需 1 分钟左右）。一旦指示灯停止闪烁，即可打开电脑，开始你的无线网络生活啦。

在所有连接均成功完成之后，即可对无线宽带路由器中内建的安全设置进行设置。这些设置称做 MAC（媒体访问控制）地址和 SSID（服务组标识符）号码。这里需要特别注意的是缺省 SSID 号码通常设为 101；因此，您需要把它改为其他号码，以保证无线连接的安全性。您可以选择任何号码。在修改号码时，您可以使用电脑上的 Internet Explorer 来浏览路由器的配置。最好为所有无线设备设置相同的 SSID 号码，这样有助于电脑、路由器和其他设备之间的相互识别和协作。

如果您的操作系统是 Windows XP，那么您现在便可输入命令 "inconfig \ all" 来查看媒体访问控制（MAC）地址。确保将所有 MAC 地址输入到无线宽带路由器以及笔记本电脑或台式机 MAC 地址，这表明该设备可以与路由器进行通信，如同个人签名一样。

小知识

怎样获得最快的速度

1. 确保您的电脑在路由器的覆盖半径之内。2. 将计算机与路由器近距离部署在一起，并且确保中间没有混凝土墙等障碍物。因为混凝土会吸收无线电波，从而降低无线连接的速度。

链接——MAC 地址和 SSID 号码

数据链路层（data link layer）的底级组成部分，它定义在局域网（LAN）上用载波监听多路访问冲突检测（Collision Detection，CSMA/CD）和在令牌环局域网上如何共享访问传输介质。

SSID 是 Service Set Identifier 的缩写，意思是：服务集标识。SSID 技术可以

将一个无线局域网分为几个需要不同身份验证的子网络，每一个子网络都需要独立的身份验证，只有通过身份验证的用户才可以进入相应的子网络，防止未被授权的用户进入本网络。

分久必合
——多网合一

随着现代科技的发展，单一的一种网络已经不能很好地满足现代人的通信需求了，这就需要我们寻求一种更强的通信网络，因此，我们现在正在研究发展“多网合一”技术。下面以“三网融合”为例来简单介绍一下。

◆多种网络互联

关于三网融合

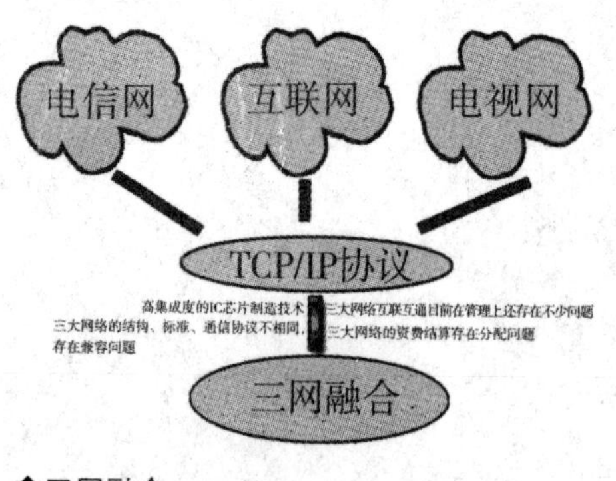

◆三网融合

三网融合是一种广义的、社会化的说法，在现阶段它并不意味着电信网、计算机网和有线电视网三大网络的物理合一，而主要是指高层业务应用的融合。其表现为技术上趋向一致，网络层上可以实现互联互通，形成无缝覆盖，业务层上互相渗透和交叉，应用层上趋向使用统一的 IP 协议，在经营上互相竞争、互相合作，朝着向人类提供多样化、多媒体化、个性化服务的同一目标逐渐交汇在一起，行业管制和政策方面也逐渐趋向统一。

三网融合的定义

所谓“三网融合”，就是指电信网、广播电视网和计算机通信网的相互渗透、互相兼容、并逐步整合成为全世界统一的信息通信网络。“三网融合”是为了实现网络资源的共享，避免低水平的重复建设，形成适应性广、容易维护、费用低的高速带宽的多媒体基础平台。

三网融合的结合点

三网融合，在概念上从不同角度和层次上分析，可以涉及到技术融合、业务融合、行业融合、终端融合及网络融合。目前更主要的是应用层次上互相使用统一的通信协议。IP 优化光网络就是新一代电信网的基础，是我们所说的三网融合的结合点。

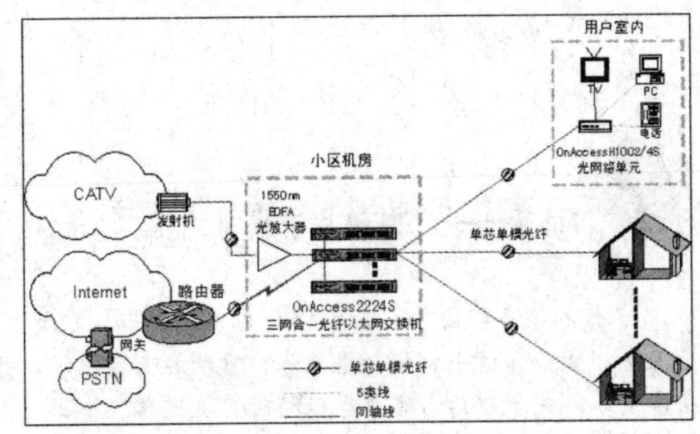

◆三网融合的结合点

第一，数字技术的迅速发展和全面采用，使电话、数据和图像信号都可以通过统一的编码进行传输和交换，所有业务在网络中都将成为统一的“0”或“1”的比特流。

第二，光通信技术的发展，为综合传送各种业务信息提供了必要的带宽和高质量传输，成为三网业务的理想平台。

第三，软件技术的发展使得三大网络及其终端都通过软件变更，最终支持各种用户所需的特性、功能和业务。

第四，最重要的是统一的 TCP/IP 协议的普遍采用，将使得各种以 IP 为基础的业务都能在不同的网上实现互通。人类首次具有统一的为三大网都能接受的通信协议，从技术上为三网融合奠定了最坚实的基础。

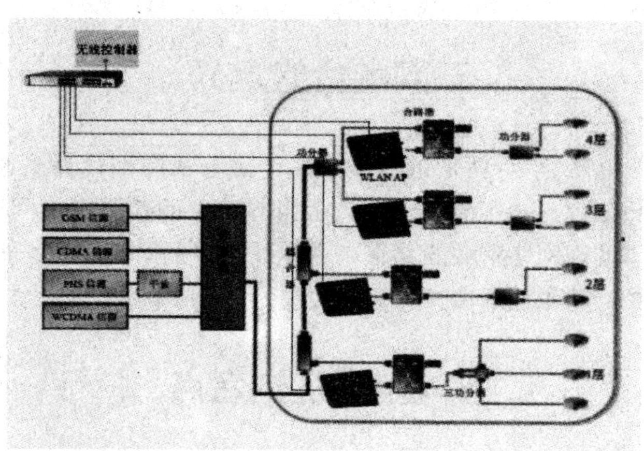

◆多网合一

链接——三网融合的优势

1. 信息服务将由单一业务转向文字、语音、数据、图像、视频等多媒体综合业务，比如通过手机视频看到客户货物的大致情况，并立即决定派什么样的车去提货，发完货以后，客户也能随时自主追踪。

2. 有利于减少基础建设投入，并简化网络管理，降低维护成本。

3. 将使网络从各自独立的专业网络向综合性网络转变，网络性能得以提升，资源利用水平进一步提高。

4. 三网融合是业务的整合，它不仅继承了原有的语音、数据和视频业务，而且通过网络的整合，衍生出了更加丰富的增值业务类型，如图文电视、VOIP、视频邮件和网络游戏等，极大地拓展了业务范围。

三网融合具有重要的战略意义。它不仅将现有网络资源有效整合、互联互通，而且将形成新的服务和运营机制，并有利于信息产业结构的优化，以及政策法规的相应变革。融合以后，不仅信息传播、内容和通信服务的方式会发生很大变化，企业应用、个人信息消费的具体形态也将会有质的变化。

三网融合应用广泛，遍及智能交通、环境保护、政府工作、公共安

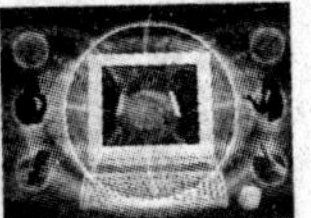

全、平安家居、智能消防、工业监测、老人护理、个人健康等多个领域。以后的手机可以看电视、上网，电视可以打电话、上网，电脑也可以打电话、看电视。三者之间相互交叉，形成你中有我、我中有你的格局。

随着三网时代的到来，相信我们的生活将会更加美好。

1. 什么是三网融合？和其他单一网络相比，它有什么特点？
2. 你知道三网融合的发展历史吗？
3. 国外的三网融合的发展状况如何？
4. 还有没有其他的多网合一的网络？能简单地予以介绍吗？

没有最快，只有更快——网络速度的提升

平时大家上网的时候有没有感觉到有时候打开网页的时间很短，有时候却要很长时间才能打开一个网页呢？或是大家下载文件的时候会看到下载速度很快，有时候下载得又很慢，这是为什么呢？

这就跟我们的网络速度有关了，网络速度快了，打开网页或是下载文件会变得很快，我相信现在你一定很着急地要知道，怎样才能提高网络速度呢？那么，被网络速度困扰的你可要睁大眼睛仔细阅读了。

链接——网络速度知多少

网络速度简称网速。如果速度越高，下载的速度也就越快，打开网页的时间也会越短。

一般拨号上网的速度为45.4K，宽带速度为512K、1M、2M等。

数据传输速率是描述数据传输系统的技术指标之一。数据传输速率在数值上等于每秒钟传输构成数据代码的二进制比特数，单位为比特/秒（bit/second），记作bps。对于二进制数据，数据传输速率为：S=1/T（bps）

网速变慢的主要原因

我们平时遇到网速慢都会很头疼，既浪费时间又浪费精力，但是你是否知道网速慢是什么原因造成的吗？下面我们简要地说说常见的网速慢的原因：

1. 网络自身的问题

比如网络本身在这个时段有问题或是网络信号不稳定，线路出现问

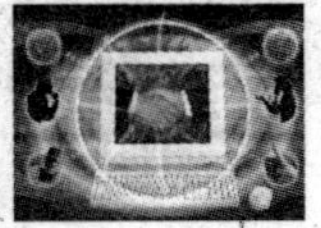

题，通信线路损坏，接口接触不良等问题都属这一范畴。如果你现在想要连接的目标网站所在的服务器带宽不足或负载过大也会网速变慢，当然处理这个问题的办法很简单，请换个时间段再上或者换个目标网站。

2. 网线问题导致网速变慢

通过前面的介绍，我们已经了解了什么是双绞线，双绞线是由四对线按严格的规定紧密地绞和在一起，用来减少串扰和背景噪音的影响的一种传输介质。那么，在 T568A 标准和 T568B 标准中仅使用了双绞线的 1、2 和 3、6 四条线，其中，1、2 用于发送，3、6 用于接收，而且 1、2 必须来自一个绕对，3、6 必须来自一个绕对，只有这样，才能最大限度地避免串扰，保证数据传输。但是不按标准制作的网线就存在很大的隐患，有可能会出现的情况主要有两种：第一种情况是刚开始使用时网速就很慢；另一种情况则是开始网速正常，但过了一段时间后，网速变慢。所以购买合格的网线也很重要。

链接——测测你的计算机网络速度

当你对于自己网速没有一个直接的概念的时候，一定很想知道自己的网速是否足够快，那么现在你就可以动手登录以下网站：

http：//speedtest. net/

http：//www. linkwan. com/gb/broadmeter/SpeedAuto

通过在线测网速你就可以知道你的网速是否快速了。

3. 网络设备硬件故障引起的网速变慢

网卡、集线器以及交换机是最容易出现故障，从而导致网速变慢的设备。所以要及时排查故障，解决问题。

4. 网络中某个端口形成了瓶颈导致网速变慢

实际上，路由器广域网端口和局域网端口、交换机端口、集线器端口和服务器网卡等都可能成为网络瓶颈。所以当网速变慢时，我们可在网络使用高峰时段，利用网管软件查看路由器、交换机、服务器端口的数据流量，据此确认网络数据流通瓶颈的位置，设法增加其带宽。具体方法很

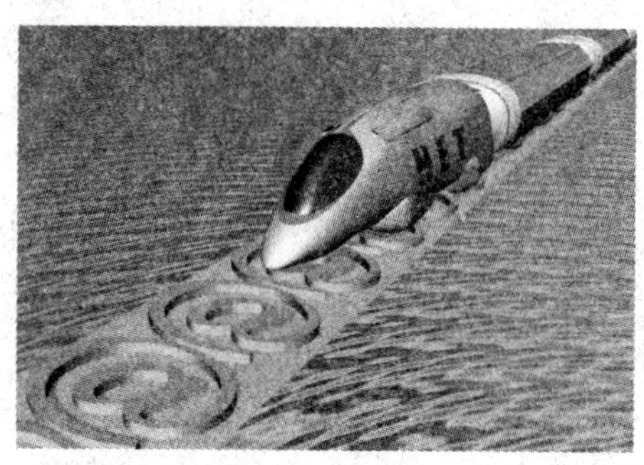
◆世界网络测速概念图

多，如更换服务器网卡为100M或1000M、安装多个网卡、划分多个VLAN、改变路由器配置来增加带宽等，都可以有效地缓解网络瓶颈，可以最大限度地提高数据传输速度。

5. 病毒的影响导致网速变慢

病毒也会导致网速变慢，比如通过E－mail散发的蠕虫病毒对网络速度的影响越来越严重，危害性极大。这种病毒导致被感染的用户只要一上网就不停地往外发邮件，病毒选择用户个人电脑中的随机文档附加在用户电脑的通讯簿的随机地址上进行邮件发送。成百上千的这种垃圾邮件有的排着队往外发送，有的又成批成批地被退回来堆在服务器上。造成个别骨干互联网出现明显拥塞，网速明显变慢，使局域网近于瘫痪。

诸如此类的病毒还有很多，并且层出不穷，因此，我们必须及时升级所用杀毒软件，同时计算机系统软件也要及时升级、安装系统补丁程序，同时卸载不必要的服务、关闭不必要的端口，以提高系统的安全性和可靠性。

6. 防火墙的过多使用

防火墙的过多使用也可导致网速变慢，处理办法不必多说，卸载不必要的防火墙，只保留一个功能强大的足矣。

7. 系统资源不足

您可能加载了太多的运用程序在后台运行，请合理地加载软件或删除无用的程序及文件，将资源空出，以达到提高网速的目的。

链接——3G网络速度究竟有多快

现在媒体的宣传让3G在人们心目中留下了“高速”上网的印象。但是，在3G相继进入商用之后，很多关于3G网络体验的文章中，也对网络速度进行了描述。实际上3G到底有多快呢？事实上，无论是网络高峰期，还是网络空闲

期，3G网络速度没有太明显的变化，估计与目前3G用户数量有关系。

基本上3G网络可以流畅地看土豆、酷6、优酷、新浪等站点的视频。用迅雷下载一些热门内容，下载速度在100kB左右。3G网络可以非常流畅地打开网页，与有线宽带没有太明显的差距。

当然，究竟3G网络速度有多快，还有待于验证。

网速提高的简单方法

前面所提到的这些都是导致网速变慢的原因，但是你一定在想，有没有一种方法能让网速主动地提高呢？当然还是有的，比如：

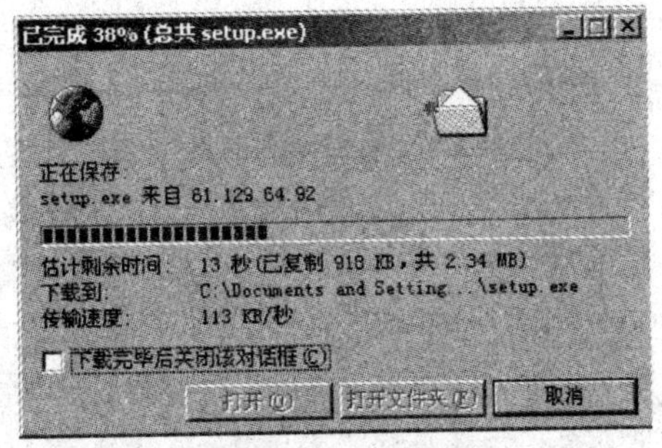

◆一般文件下载界面网速的体现

1. 优化注册表（最好事先备份以防万一）。可修改的键值如下：MaxMT：修改最大传输单位；DefaultRcvWindow和DefaultTTL：设置传输单元缓冲区的大小值和TCP/IP分组寿命；设置DNS查询优先用来提高网页的浏览速度；提高TCP/IP使用的RAM来增加TCP/IP所使用的缓冲以提高数据速率。

2. 释放保留的带宽。先以管理员身份登录，运行命令“gpedit. msc”即可进入到“组策略”窗口。依次点击“计算机设置”、“管理模块”、“网络”、“Quos数据包调度程序”，然后在右边选中“限制可保留带宽”，右击选择“属性”，即可打开它的属性窗口，将“限制带宽”相对应的值修改为“0”，即可释放被保留的带宽。

3. 使用优化软件。以TCP Optimizer为例，先点击“MaxMTU”来检查用户所用网络的相关参数，不过，我们在输入网站的地址时，最好选用当地ISP的地址，而不要使用它的缺省网址；对于“Latency PING”也是这样。在“Settings”选项卡中，我们选择自己所使用的上网调制解调器的类型，然后在以上界面最下方选择“Optimal Setting”，再点击“Apply Changes”按钮，重新启动电脑即可生效。

链接——安全、快捷的提高网络速度

1. 硬件配置

影响上网速度最直接、最重要的因素要算硬件配置了，硬件配置越高档上网速度越快，你可以通过升级硬件来提高网速。其中CPU主频、内存大小与速度、Modem速率、硬盘大小与速度又是最主要的方面，如果条件许可的话当然是硬件配置越高越好。

2. 软件版本

软件版本包括操作系统的版本、浏览器的版本以及浏览加速器的版本等等，一般来说新版本总是速度更快、功能更强，如果可能的话尽量把操作系统、浏览器等升级至最新、最高的版本，这就需要各位要时常进行软件更新。

3. 选择好的ISP

ISP（Internet Service Provider）即因特网服务供应商提供的连接速率和网络带宽对上网速度也是至关重要，所以最好多向有经验的网民前辈们打听一下，选择口碑好的ISP。

4. 系统设置

在硬件配置、软件版本确定的前提下，你是否还是觉得拨号登录上网时间太长、刷新速度太慢，那么请尝试更改一下下面的系统设置。

（1）Modem配置

打开“控制面板”，双击“调制解调器”文件夹，单击“常规”项目下“属性”，在“最快速度”设置中选定最大值“115200”。单击“连接”，不选取“拨号之前等候拨号音”。再单击“端口设置”，选取“使用FIFO缓冲区”，并且把“接收缓冲区”设为最高（14），把“传输缓冲区”设为最高（16）。单击“确定”返回上一层窗口，单击“高级”，选取“使用流控制”中的单选项“硬件（RTS/CTS）”，不选取“使用差错控制”中的多选项“请求连接”，在“附加设置”栏键入S11=50，即设置音频持续和间隔时间为最小值（50毫秒）。单击“确定”或“关闭”退出“调制解调器”设置。

（2）网络配置

右击“网上邻居”，单击“属性”，在“主网络登录”中选取“Microsoft网络用户”，在“已经安装了下列网络组件”中删除确认不用的协议，如“NetBEUI”和“IPX/SPX”等，最好只保留“TCP/IP”协议。

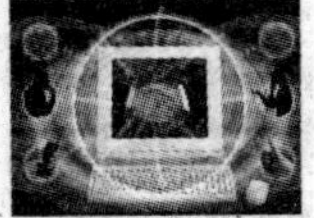

网络提速小密钥

网上冲浪浏览器软件是不可或缺的，使用一款好的浏览器软件也是很重要的。然而你也许不知道，在使用浏览器的时候一些好习惯也能增速不少呢！

1. 把常去的站点放在桌面上。
2. 养成整理书签（Bookmark）的习惯。
3. 使用浏览加速器软件、性能参数设置。
4. 优化软件和下载工具软件。
5. 设置浏览器起始地址。
6. 选择合适的上网时间。

想一想　议一议

1. 影响网络速度的原因还有哪些？
2. 测一测你的网络速度，并且试试前面提到的方法，看看网络速度有没有改善。
3. 想想其他的提高网速的方法，并实施你的想法。

无形的手
——无线网络的发展

在如今这个不断“移动”的世界里，传统局域网络已经越来越不能满足我们使用的需求，无线局域网因此应运而生。近两年来，无线局域网产品迅速发展并走向成熟，比如现在我们熟知的3G等，正在以它的高速传输能力和灵活性发挥日益重要的作用，并且无线已经开始在国内大多数行业中得到了应用。

无线网络与有线网络

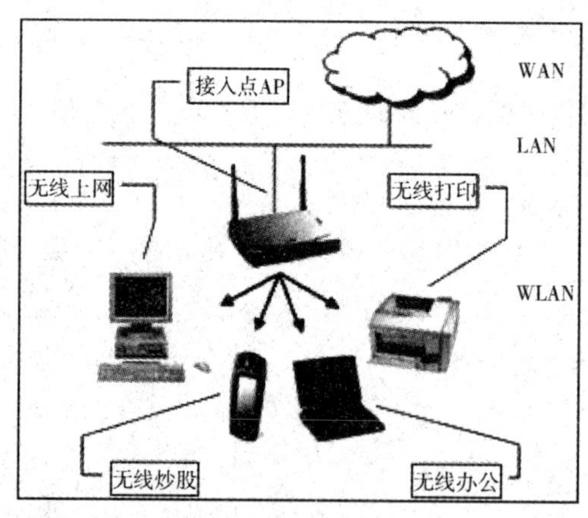

◆无线网络传输机制

首先，我们来比较一下无线网络与有线网络。

无线局域网指的是采用无线传输媒介的计算机网络，结合了最新的计算机网络技术和无线通信技术。然而有一点需要大家注意的是，无线局域网是有线局域网的延伸。使用无线技术来发送和接收数据，有效地减少了用户的连线需求。

在有线世界里，以太网已经成为主流的LAN技术，其发展不仅与无线LAN标准的发展并行，而且也确实预示了后者的发展方向。以太网标准最初仅能提供10兆位/秒（Mbps）的数据传输速率，现在已经发展成为可以提供网络主干和带宽密集型应用所要求的100兆位/秒的数据传输速率。

第一代无线LAN技术是低速的（1兆－2兆位/秒）专有产品。尽管

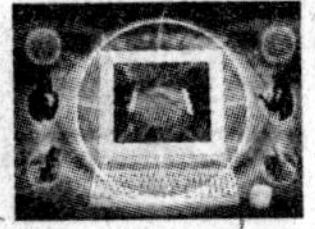

速度低，无线所带来的自由性和灵活性还是在一些行业占有了一席之地，如零售业和仓储业，这些行业的移动工人使用手持设备进行存货管理和数据采集。随后，医院使用无线技术将病人的信息直接传送到病床边。随着计算机进入课堂，学校和大学开始安装无线网络，以避免布线成本和共享 Internet 接入。无线供应商不久就认识到，为使这一技术获得市场的广泛接受，需要建立一种类似以太网的标准。供应商们在 1991 年联合到一起，第一次建议并随后建立了一个基于各自技术的标准。1997 年 6 月，IEEE 发布了用于无线局域网的 802.11 标准。

与有线局域网相比较，无线局域网具有开发运营成本低、投资回报快、易扩展、受自然环境地形及灾害影响小、组网灵活快捷等优点。可实现“任何人在任何时间，任何地点以任何方式与任何人通信”，弥补了传统有线局域网的不足。随着 IEEE802.11 标准的制定和推行，无线局域网的产品将更加丰富，不同产品的兼容性将得到加强。现在无线网络的传输率已达到和超过了 10Mbps，并且还在不断变快。目前，无线局域网除能传输语音信息外，还能顺利地进行图形、图像及数字影像等多种媒体的传输。

链接——IEEE 简介

IEEE（美国电气电子工程师学会）于 1963 年 1 月 1 日由 AIEE（美国电气工程师学会）和 IRE（美国无线电工程师学会）合并而成，是美国规模最大的专业学会。IEEE 是一个非营利性科技学会，拥有全球近 175 个国家三十六万多名会员。透过多元化的会员，该组织在太空、计算机、电信、生物医学、电力及消费性电子产品等领域中都是主要的权威。在电气及电子工程、计算机及控制技术领域中，IEEE 发表的文献占了全球将近百分之三十。IEEE 每年也会主办或协办三百多项技术会议。

众所周知，有线网络是通过网线将各个网络设备连接到一起，不管是路由器、交换机还是计算机，网络通讯都需要网线和网卡；而无线网络则大大不同，目前我们广泛应用的 802.11 标准无线网络是通过 2.4GHz 无线信号进行通讯的，由于采用无线信号通讯，在网络接入方面就更加灵活了，只要有信号就可以通过无线网卡完成网络接入的目的，同时网络管理者也不用再担心交换机或路由器端口数量不足而无法完成扩容工作了。

链接——无线网络故障如何排查

1. 是否属于硬件问题：当无线网络出现问题时，如果只是个别终端无法连接，那很有可能是众多接入点中的某个点出现了故障。

2. 接入点的可连接性如何：要确定无法连接网络问题的原因，还可以检测一下各终端设备能否正常连接无线接入点。

3. 设备的配置是否错误：无线网络设备本身的质量一般还是可以信任的，因此最大的问题根源一般来自设备的配置上，而不是硬件本身。

4. 多个接入点是否不在客户列表内：一般无线接入点都带有客户列表，只有列表中的终端客户才可以访问它，因此这也有可能是网络问题的根源。

综上所述，无线网络最常见的故障就是无法建立连接，而造成这类原因，大都来自软件配置上。因此在无线网络的故障排查过程中，应本着“先软后硬”的原则，耐心仔细地进行。

无线网络的特点

总的来说，无线网络相比传统有线网络的特点主要体现在以下两个方面：

1. 无线网络组网更加灵活

无线网络使用无线信号通讯，网络接入更加灵活，只要有信号的地方都可以随时随地将网络设备接入到企业内网。因此在企业内网应用需要移动办公或即时演示时，无线网络优势更加明显。

2. 无线网络规模升级更加方便

无线网络终端设备接入数量限制更少，相比有线网络一个接口对应一个设备，无线路由器容许多个无线终端设备同时接入到无线网络，因此在企业网络规模升级时无线网络优势更加明显。

无线网络的发展

如今，有了无线网络，很多的烦恼都迎刃而解，带给人们很多的便利。任何无线网络覆盖的区域，你只要凭借自己的上网帐户即可随时随地自由地遨游在互联网的世界里。在宿舍、在教室、在图书馆、在食堂，甚至在汽车里、在操场上，你都可以随时随地享受网络带给你的便利。曾经你听到的关于空中教室、空中图书馆、空中聊天室等一些抽象的词汇，在无线网络的世界里就是现实。

无线网络的发展是伴随着计算机技术的进步走到今天的。近年来，网络技术取得了巨大的进步。一方面，速率大大提高，可达千兆级。但“接入点的固定和有限”随着“移动办公”日益强烈的需求，有线接入难以为继。同时，众多局域网的互联，使得布线遇到重重困难。无线局域网在这种情况下应运而生，它所提供的“多点接入”、“点对点中继”（即所谓的Mesh技术）为用户提供了一种替代有线的高速解决方案。可以说，无线网络的世纪已经到来了。正是有鉴于此，国内外众多厂家都瞄准了这一巨大商机。

随着802.11g/b等标准的广泛应用，更大、更快、更广成为新一代无线网络的发展趋势。最受瞩目的要数802.11n标准了。和802.11g标准相比，它的信号覆盖范围提高6倍，而传输速率提高了14倍。在相当长的时间内将是802.11g和802.11n并存的局面。虽然3G的冲击力很大，但大面积应用AP组成的局域网仍将是无线网络的主流，因为3G的应用带宽是无法超越的瓶颈。

总之，对于国内ISP来说，无线接入的商机正在到来，无线网络的明天一片光明。

链接——4G技术知多少？

4G是第四代移动通信及其技术的简称，是集3G与WLAN于一体，并能够传输高质量视频图像，以及图像传输质量与高清晰度电视不相上下的技术产品。

4G 系统能够以 100Mbps 的速度下载，比拨号上网快 2000 倍，上传的速度也能达到 20Mbps，并能够满足几乎所有用户对于无线服务的要求。而在用户最为关注的价格方面，4G 与固定宽带网络在价格方面不相上下，而且计费方式更加灵活机动，用户完全可以根据自身的需求确定所需的服务。此外，4G 可以在 DSL 和有线电视调制解调器没有覆盖的地方部署，然后再扩展到整个地区。很明显，4G 有着不可比拟的优越性。

想一想　议一议

无线网络技术的深入发展及广泛应用会给我们的生活带来哪些具体的变化呢？试举例说明。

连接你我他
——物联网

物联网的英文名称为"The Internet of Things"，物联网就是"物物相连的互联网"。是当前网络发展的一大趋势，即要实现任何物品与互联网相连接，进行信息交换和通信。接下来，我们认识一下物联网。

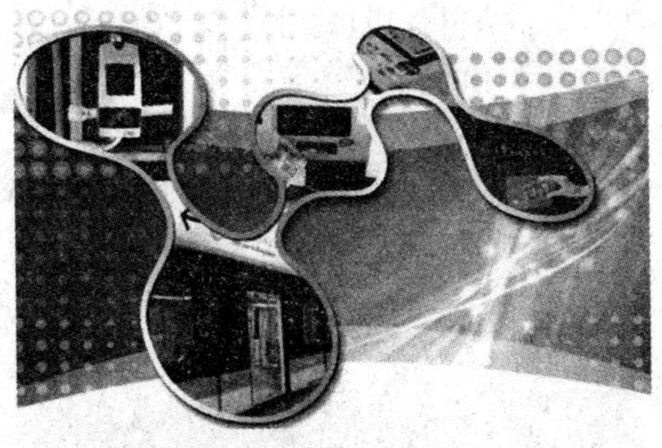

◆物联网概念图

物联网就是"物物相连的互联网"，其中包含有两层意思：第一，物联网的核心和基础仍然是互联网，是在互联网基础之上进行的一种延伸和扩展的网络；第二，其用户端延伸和扩展到了任何物与物之间，使其之间进行信息交换和通信。所以，所谓的物联网，就是通过射频识别（RFID）装置、红外感应器、全球定位系统、激光扫描器等信息传感设备，按约定的协议，把任何物品与互联网相连接，进行信息交换和通信，以实现智能化识别、定位、跟踪、监控和管理的一种网络。

链接——射频识别技术

RFID是射频识别技术的英文（Radio Frequency Identification，RFID）的缩写，又称电子标签，射频识别技术是20世纪90年代开始兴起的一种自动识别技术，射频识别技术是一项利用射频信号通过空间耦合（交变磁场或电磁场）实现无接触信息传递并通过所传递的信息达到识别目的的技术。

究竟什么是物联网中的“物”呢？我们可以把“物”的这个概念具体化。这里的“物”要满足以下条件才能够被纳入“物联网”的范围：

1. 要有相应信息的接收器。
2. 要有数据传输通路。
3. 要有一定的存储功能。
4. 要有 CPU。
5. 要有操作系统。
6. 要有专门的应用程序。
7. 要有数据发送器。
8. 遵循物联网的通信协议。
9. 在世界网络中有可被识别的唯一编号。

物联网的用途

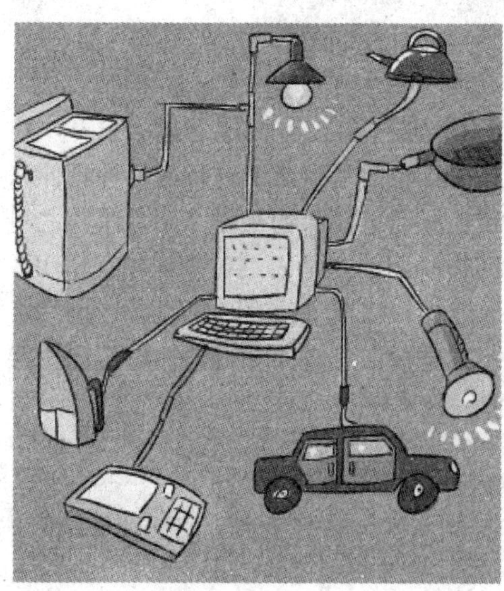

◆物联网的用途

物联网的用途广泛，它遍及智能交通、环境保护、政府工作、公共安全、平安家居、智能消防、工业监测、老人护理、个人健康、花卉栽培、水系监测、食品溯源、敌情侦查和情报搜集等多个不同的领域。

国际电信联盟于 2005 年的一份报告曾描绘“物联网”时代的图景：当司机出现操作失误时汽车会自动报警；公文包会提醒主人忘带了什么东西；衣服会“告诉”洗衣机对颜色和水温的要求等等。甚至很多电影如《007》的场景也会在物联网时代实现。

知识链接——电子钱包到物联网

RFID技术可以手机支付，比如北京移动的客户只需要在当地的移动营业厅将手机卡更换为RFID—SIM卡，并为与SIM卡绑定的电子钱包充值，就可以在物美和美廉美超市的收银台刷手机结账了。手机支付只是RFID的一个基础应用，RFID将支撑整个物联网产业从虚幻的概念到切实地应用。

物联网把新一代IT技术充分运用在各行各业之中，具体地说，就是把感应器嵌入和装备到电网、铁路、桥梁、隧道、公路、建筑、供水系统、大坝、油气管道等各种物体中，然后将“物联网”与现有的互联网整合起来，实现人类社会与物理系统的整合，在这个整合的网络当中，存在能力超级强大的中心计算机群，能够对整合网络内的人员、机器、设备和基础设施实施实时的管理和控制，在此基础上，人类可以以更加精细和动态的方式管理生产和生活，达到一种智能的状态，提高资源利用率和生产力水平，改善人与自然之间的关系。所以，就此说来，如果“物联网”时代渗透到我们的生活中，人们的日常生活将发生翻天覆地的变化。

物联网的原理

◆未来必然是物联网时代

物联网是在计算机互联网的基础上，利用RFID、无线数据通信等技术，构造一个覆盖世界上万事万物的“Internet of Things”。在这个网络中，物品（商品）能够彼此进行“交流”，而无需人的干预。其实质是利用射频自动识别（RFID）技术，通过计算机互联网实现物品（商品）的自动识别和信息的互联与共享。

物联网中非常重要的技术是射频识别（RFID）技术。RFID是射频识别（RadioFrequencyIdentification）技术英文缩写，是20世纪90年代开始兴起的一种自动识别技术，是目前比较先进的种一非接触识别技术。以简单RFID系统为基础，结合已有的网络技术、数据库技术、中间件技术等，构筑一个由大量联网的阅读器和无数移动的标签组成的，比Internet更为庞大的物联网成为RFID技术发展的趋势。

而RFID，正是能够让物品“开口说话”的一种技术。在“物联网”的构想中，RFID标签中存储着规范而具有互用性的信息，通过无线数据通信网络把它们自动采集到中央信息系统，实现物品（商品）的识别，进而通过开放性的计算机网络实现信息交换和共享，实现对物品的透明管理。

“物联网”概念的问世，打破了之前的传统思维。过去的思路一直是将物理基础设施和IT基础设施分开：一方面是机场、公路、建筑物；而另一方面是数据中心、个人电脑、宽带等。而在“物联网”时代，钢筋混凝土、电缆将与芯片、宽带整合为统一的基础设施，在此意义上，基础设施更像是一块新的地球工地，世界的运转就在它上面进行，其中包括经济管理、生产运行、社会管理乃至个人生活。

物联网的开展

物联网在实际应用上的开展还是需要各行各业的参与，并且需要国家政府的主导以及相关法规政策上的扶助，物联网的开展具有规模性、广泛参与性、管理性、技术性、物的属性等等特征。其中，技术上的问题是物联网最为关键的问题，关于物联网的规划和设计以及研发，关键在于RFID、传感器、嵌入式软件以及传输数据计算等领域的研究。

知识链接——物联网的开展步骤

1. 对物体属性进行标识，属性包括静态和动态的属性，静态属性可以直接存储在标签中，动态属性需要先由传感器实时探测。

2. 需要识别设备完成对物体属性的读取，并将信息转换为适合网络传输的

数据格式。

3. 将物体的信息通过网络传输到信息处理中心（处理中心可能是分布式的，如家里的电脑或者手机，也可能是集中式的，如中国移动的 IDC），由处理中心完成物体通信的相关计算。